AF598831

EL ESPEJO

Judith Terés

Aliarediciones

Primera corrección: Robert Cirhian
Corrección: Ana Collado
Ilustraciones: Nil Molina Segura
Diseño de cubierta: Mónica Morales
Maquetación: Aliar Ediciones

Depósito Legal: GR 441-2026
ISBN: 979-13-88282-06-5

Impreso en España

Edita
ALIAR Ediciones
www.aliarediciones.es
info@aliarediciones.es

EL ESPEJO

Judith Terés

A vosaltres, per ser clau i donar-me llum,
per ser-nos força,
que el món s'eixampli a petons de tres.

A mi fiel escudero, por ser primer resguardo.
Y a un gran literato, tus huellas son en mí.

A les dues estrelles que em cuiden
i les llàgrimes de Sant Llorenç.

ÍNDICE

Desde una Luna que existe en todas partes,
aquí podrás parar a descansar,
si los ojos son fieles testigos de tu realidad,
tu mente hoy será cómplice de los inicios a volar.

Desde un cielo que amanece bajo el brazo,
con cada verso, tus pupilas brillarán de más
al mirar historias de vida que con miedos bien despiertos
te harán soñar.

A través de ojos ajenos,
toparás con los mundos que habitan en Judith
y harás de sus mil batallas un hueco en ti.

Podrás oler el café del Damas
y refugiarte en sus cuatro paredes antes de dormir.
Podrás escapar de la ciudad buscando calma
y reencontrar(la) en ti.

Podrás ir de campamentos
e imaginarte mil escenas bajo las estrellas,
mientras llenas tu cabeza de preguntas
y encuentras, bajo tenue luz de vela, las respuestas.

Desde una noche que invade
cuando el silencio respira y, a ratos, aprieta,
soltar el pecho, abrir los brazos
y cambiar tu rumbo se hace fácil si te abrazas fuerte,
con estos tres cuentos, antes de calmar la mente.

Te invito a que respires estas historias con el mismo amor que anochece en ellas e igual de fuerte que sienten la vida sus personajes y, por supuesto, su autora. Así que, si la Luna te abraza hoy, confía, suelta el pecho y, con cada verso, empieza a volar.

Marta Belmonte

EL ESPEJO

Doblando la esquina entre sus pupilas vi mi rostro reflejado en sus temores y supe que eran los míos. Ella me miró confusa, tomando el café ya frío en una tarde de tenues sonrisas. Sus ojos pensaron el café y, mientras lo miraba, yo lo sorbía instintivamente.

Vacilaba al hablarme, parecía asustada, cerraba los ojos como tratando de meterse en su mente. Sonó su conocida voz —música verbal en mis poros— y entonces lo supe:

Sentí un escalofrío y viento en el estómago. Dudé del estado de mi percepción; supuse un sueño, un delirio o una pérdida irremediable de conciencia. Di una calada, pausé el tiempo tratando de dilatarlo y el humo que se desvanecía me recordó lo estúpido de mi intento. La miré, sabiendo que no vería nada en su rostro que no fueran mis temores, sabiendo a tientas que era Calima. Curioseé sus ojos y observé mis ojeras, aunque podía no verlas. Aunque podía no verla. Centré mi atención en ella y, sin embargo, parecía inmutable ante el tórrido silencio que nos abrumaba. Tragamos saliva y cuando empezaba a sentir el hueco peso del mutismo, noté alivio. Era un dulce sosiego, una húmeda calma, era un sueño lúcido; éramos amantes del silencio sintiendo brillar la música del tiempo.

La melodía en su pleno estallido bloqueó mi cerebro. Me vi a mí misma en un bar con los ojos llenos de vacío, buscando en la nada un olor conocido, hablando con un papel y con una extraña que parecía pertenecerme: hablando con una desconocida que parecía conocer cada recóndito rincón de mi ser. Siguió la pesadez de un agrio desasosiego, la fría intranquilidad de la pesadilla más terrible que jamás imaginara.

La incertidumbre me hizo presa y sometí mi cuerpo a preguntas que no podía responder. Me cuestioné, me bloqueé. Traté de emplear la presión para romper el reflejo, aun sabiendo que eso no me libraría de ella; pero avanzándose me miró a los ojos y me dijo: «Tranquila, no te alteres, Niebla».

Me nublé. Un humo blanco y espeso se metió por mis oídos hasta llegarme al cerebro. Cuando la neblina se disipó, pude tocar el papel y volver a meterla dentro. Fue entonces cuando me vi a solas en un bar con los ojos llenos de vacío, buscando en la nada un olor conocido, hablando con un papel y con la sombra de Calima, que me pertenecía.

Recogí mis cosas para regresar a las paredes de mi cuerpo, pensando en aquel café testigo, en aquellas palabras que desprendían un aroma a papel manchado de tinta. Sabiéndome desconocer cuándo volvería a verla, cuándo volveríamos a vernos.

Podía leer la letra del momento, podía coser a fuego cada sensación a mi cuerpo, podía regresar a ello en cuanto quisiéramos, de mutuo y armónico acuerdo. Podía regresar a ella en cuanto quisiera, aunque no sabía si quería hacerlo.

Pagué el café del Damas servido en taza de vidrio horas atrás y tracé camino a mi inhóspito piso. Al subir por las escaleras, me encontré a mi vecino del cuarto. Nunca había sido de mi agrado; varón de unos cuarenta y cinco, divorciado e infeliz, con dos hijas. Andares lentos pero sin curiosidad, lo que me permitió adelantarlo discretamente. Reaccionó con un «Buenas tardes» recriminatorio y siguió su camino tarareando una canción de Nirvana que no llegaré a precisar.

El olor repugnante de la escalera hacía juego con las telarañas que, en días de lluvia, se veían forzadas por las goteras y el silencio —a veces roto por los gritos del vecino del segundo— me parecía acogedor.

Abrí la puerta temiendo el desmesuradamente cálido abrazo de mi compañera de piso. Lo que pude adivinar como sollozos resultó ser un juego que acabó cinco minutos después con un desconocido sentado en el sofá desteñido del piso. Lo observé: pecho y piernas depiladas, rostro inocente, con granos. Ese chaval había sido víctima de la pecaminosa Eva y, seguramente, nunca más volvería a verla.

Cuando ella salió de la ducha, el chico ya se había vestido y se mostraba dispuesto a irse. Eva se veía imponente: piel fina y ojos almendrados, verdes con el sol y miel en invierno; pelo rapado castaño y sonrisa de reflejo de luna llena.

Encerrada ya en mi cubículo empecé a pensar en cómo se formaba el desorden: poco a poco baila el polvo con la ropa sucia y los cajones abiertos despiden un hedor lóbrego que, desvaneciéndose entre el humo del cigarro y ciertos pensamientos impuros, acallan la música en el momento del caos. Cuando te dispones a pararlo, él ya te ha comido.

Eva llamó tres veces a mi puerta y se dispuso a entrar. No me gustaba que nadie entrase sin permiso, pero aquella chica se saltaba todas mis normas. Me giré exhalando el humo y ella se dispuso a contarme.

La angustia me agarró el pecho y solo recuerdo salir de la habitación con una retahíla de imágenes invadiendo mi cabeza. Desperté con Eva aplicándome una toalla fría en la frente. Al abrir los ojos, se dirigió a mí, dulcemente: «¿Estás mejor, Niebla? He hablado con tu madre, creo que deberías llamarla».

«Madre», que palabra más curiosa; la mayoría de idiomas hablados en Europa comparten en esta la misma raíz. Se cree que proviene de una antigua lengua común, el protoindoeuropeo, que hipotéticamente dio pie a las lenguas indoeuropeas.

Desperté a las seis, como de costumbre, desayuné mi torta de maíz con azúcar y el té verde con limón, frío. Subí al tren de las siete y cuarto. Las personas que me acompañaban, sentadas todos los días en el mismo sitio como por convicción, esa mañana se me aparecían distintas. Noté cómo el señor del bigote siniestro y el periódico bajo el brazo me miraba sin disimulo: hoy estaba sonriendo. Clavé la mirada en sus ojos unos largos segundos hasta que el hombre —por fin— bajó la guardia. La que yo suponía que era profesora de inglés, siempre vestida con ropa de colores y que se levantaba en la parada anterior para ser la primera en bajar, parecía hoy más relajada, lo cual me causó cierta desconfianza.

Por fin llegué a mi parada. Bajé del vagón y en nueve minutos —dos más que de costumbre a causa de un semáforo en rojo— arribé al lugar donde desempeñaba diariamente la tarea llamada trabajo.

El señor Arroyo era mi favorito de entre todas aquellas pobres arpías con caminador. Lucía su bata azul oscuro casi negro con rayas doradas y zapatillas a conjunto. Era presumido, creo que por obligación, y curioso, pero su mirada denotaba tristeza y una mezcla de cansancio y ternura. Cada día llegaba al comedor y, aunque sus ojos azules se iluminasen al verme, miraba de reojo el nombre en mi pin de personal de la residencia. «Por si acaso», decía. Siempre pedía dos trozos de pan y el día que tocaba pescado ponía una cara que, con el tiempo, me empujó a prepararle algo distinto a escondidas.

Los días transcurrían tranquilos en aquel pequeño mundo de nostalgia y de desequilibrios; había cierto aroma a pureza entre aquellas blancas paredes que encerraban historias. Mi compañera de trabajo era agradable; decía que el humor es el truco más viejo para sobrevivir al miedo y, mientras cargaba las bandejas, me contaba anécdotas de nuestro gremio.

Me dirigía con rapidez a subir al tren de las cinco y veinticinco cuando un niño me interceptó. Rondaba los diez años, pelo liso castaño claro. Tenía cara de bueno. Me miró con vergüenza y me dijo: «¿Es usted Niebla?». Respondí confusa ante aquella intimidación y me dio un abrazo lleno de pureza y amor. Me quedé petrificada. No me gustaba el contacto físico y los niños me hacían recordar que yo ya no lo era. Los ojos azules y esa mirada me eran muy familiares, aunque no conseguía descifrar quién era ese niño y me daba cierto respeto preguntar, así que me dispuse a seguir mi camino. Y de nuevo esa vocecilla chirriante:

—Espere, por favor, Niebla. Mi abuelo se ha dejado el cuaderno de ejercicios en el comedor, ¿me abriría la puerta?

—Ah... sí, claro —respondí tajante.

—Mi abuelo tiene alzhéimer, ¿sabe usted? Pero aun así se acuerda de usted, dice que es la única que lo cuida a la hora de comer. Creo que la gente se cansa de explicarle las cosas, ¿sabe? A mi madre le pasa. A mí me gusta mucho estar con él. A veces me cuenta sus aventuras, de aquí, de la residencia. Dice que las cuidadoras creen que está sordo, y él no dice nada, así se entera de lo que se cuentan entre ellas. Me gusta estar con mi abuelo, aunque me gustaría que estuviera en casa y no encerrado aquí dentro. No se ofenda, pero es un sitio de viejos locos.

—Aquí tienes tu libro.

—Es un cuaderno de ejercicios para la memoria. Creo que le gusta hacerlo conmigo. Además, lo hace muy bien. A veces me sorprende. Es verdad que, de vez en cuando, no se acuerda de lo que ha comido, o no sabe qué día es o, a veces, no sabe dónde ha dejado el periódico, pero a mí eso también me pasa. Bueno, lo último no, porque no leo el periódico. —Esperó una respuesta, quizás una sonrisa—. Bueno, señora, muchas gracias. Adiós.

Ni siquiera cuando llegué al tren me libré del estrés que me había generado ese niño. Aún sudaba y mis manos temblaban cada vez más. Me faltaba el aire y sentía el corazón a punto de estallar dentro de mi cerebro. El vértigo me hizo agarrarme a las barras de apoyo del tren y un tipo con pinta de vendedor me obligó a sentarme.

Llegué a casa cansada. Eva me vio la cara y de nuevo amenazó con llamar a mi madre.

—Estás pálida, tienes los párpados caídos y las ojeras moradas.

Se me quedó mirando cuando abrí una cerveza.

—Niebla, no creo que eso sea bueno para ti.

Sus ojos esperaban una respuesta, una aprobación, pero opté por dejar reinar el silencio.

—Creo que tendrías que ir a terapia. Tus ataques han vuelto y parece que no te importa lo más mínimo. Dejas al caos reinar en tu vida: tienes comida de hace una semana en tu habitación, en la que, por cierto, ni siquiera se ve el suelo. Tu madre no sabe nada de ti y, si no tuvieras que trabajar, igual aún estarías en la cama. —Hizo una pausa dramática—. Lo siento, no quiero ponerme así. ¿Has hablado con alguien más de esto?

—Eva, déjalo, por favor; estoy cansada.

Y me retiré a mi cuarto.

Esa noche fue larga, muy larga. Las sombras se presentaban con forma de demonio ante mis ojos, susurraban gritos en mis oídos, me tildaban de loca. Desperté con ansias de escribir, de cocer mis ideas para convertirlas en letras, y me dirigí al Damas. Los desagradables personajes embriagados que ahí residían siempre habían sido mi *inspiración*.

Pagué el café del Ajedrez servido en taza de vidrio horas atrás y tracé camino a la fría estructura de cemento, que mi padre se empeñaba en llamar casa. Estaba exhausta.

Llegué a mi hogar hambrienta. El hedor a *whisky* era la banda sonora para los insectos que deambulaban encima de la comida de un par de días atrás. Los platos se amontonaban en el fregadero, pero no había jabón para limpiarlos. Cuando pasaba un par de días con Eric, siempre encontraba el mismo panorama, pero: «En fin», me dije, «es lo que hay que hacer».

Tapé a mi padre con una manta, comí un sándwich para recuperar energía y fui a comprar el kit habitual de limpieza. Dos horas más tarde me tiré exhausta y orgullosa en la cama, el orden me hacía sentir en casa.

Desperté de golpe con el aire entrando a ráfagas por mi boca y me levanté instantáneamente de la cama, tomé el café reglamentario y dejé deambular a mi cuerpo —prácticamente inerte— hacia aquellas aulas cubiertas de sueños sin futuro visible.

Las palabras de aquella semidiosa del conocimiento provocaban que la rutina me asfixiara —pero con un pañuelo de seda— cuando, cada lunes a las ocho en punto, su sonrisa entraba por la puerta. Nos explicaba con ilusión aniñada cómo el Surrealismo es el reflejo subconsciente del alma, cómo Malevich plasmaba la supremacía de la nada y afrontaba la sensibilidad a través de la abstracción geométrica y, día tras día, aguardaba con serenidad mis preguntas al sonar el timbre.

—Calima, sabes que me encantaría quedarme a explicarte cuánto sé, pero llego tarde a la siguiente clase. —Y, observando cómo cruzaba el marco desteñido de la puerta, empezaba mi infierno en aquel cubo lleno de falsos conocimientos.

Como de costumbre, busqué a Eric a la salida; aquel día gris hacía que mi calma chirriara y mis oídos pedían una voz conocida.

—Me turbaron los sueños que viví por la noche.

Eric me escuchaba atentamente. Aquel chico sencillo con nada era feliz. Lo admiraba, era como un ángel de la guarda, siempre dispuesto a escucharme, a presentarse a las tres de la mañana en mi portal cuando mi padre me agotaba las energías, a ofrecerme su casa como hostal particular, a llenarme de abrazos, a apagar las lágrimas de mi cara, a rasgar mis labios con su dedo índice para encenderme una sonrisa. Aquel chico sencillo estaba enamorado de mí, pero nunca me atreví a creerlo. Nunca me atreví a quererlo.

De pronto perdí el hilo conductor.

—Son solo sueños, Calima —me envolvió con el brazo—. ¿Vamos a comer?

Me gustaba comer en casa de Eric, ahí encontraba tranquilidad, espacio y conexión. Éramos un gran equipo. Detestaba el momento en que se iba a trabajar; siempre decía que podía quedarme allí, pero no quería invadir su espacio.

Ralenticé el tiempo en aquel paseo hasta la estructura de cemento en la que vivía, casi parándolo, casi notando el olor que desprendían mis pasos, aquellos pasos que, sin llegar a adivinar por qué, sabían a despedida.

Recorrí calles de arriba abajo, observando la cruda y despiadada mentira de la felicidad. Leí rostros carcomidos por el cansancio, metas saciadas con caprichos, placeres efímeros que el inexorable paso del tiempo solía convertir en aire. Observé de cerca y a los ojos aquellos pobres ingenuos, creyéndose dueños de sus vidas, aunque cogiendo las riendas con los dientes, pues en sus manos tenían facturas y en su pecho latía el olvido. Y cuando me acogió el cansancio, me encaminé finalmente a mi destino inicial.

Preparé algo de cena y me dejé dormir sin siquiera deshacer la cama.

Tumbada en la cama, la luz de la mañana me despertó y, al abrir los ojos, dediqué unos minutos a mirar la mancha en el techo con forma de África que me acompañaba desde niña.

Me inspiraba esa figura. De pequeña imaginaba expediciones por el contorno de ese pequeño continente pegado en lo alto de mi cuarto. Pasaba horas dormitando y soñando despierta con la mirada clavada en ese punto de fuga que ordenaba mis pensamientos. Quería conocer esa región del mundo.

Reordené los trastos del comedor, recogí las colillas desparramadas y, cuando iba a tirar la montaña de cosas esparcidas por el suelo, vi una caja de zapatos con recortes de dibujos infantiles pegados en su exterior. Ocupaba el medio de la tapa, borrada por el tiempo, una fotografía antigua. En aquella *imagen* vivía una niña feliz, de unos cinco años, con su padre, ambos vestidos de montaña, envueltos en el olor —casi perceptible— de un bosque de eucalipto, y una tienda de campaña que se perdía en el fondo. Poco a poco noté cómo algo se me removía por dentro y, sin titubear, cerré la caja de golpe. Aquel recuerdo rompió algo en mí, me despertó un ansia voraz y abandoné aquellas paredes lo más rápido que pude. Pero ya no observé, ni detuve el tiempo, ni siquiera me fijé en aquellos desconocidos que me acompañaban por las frías calles de la ciudad. Solo me dirigí al Ajedrez.

Era probablemente el peor de los bares de la zona: el café era acuoso, las cucarachas y los hombres perfumados con cebada eran los reyes del lugar, pero ni siquiera el ambiente turbio conseguía matizar lo que mis ojos gozaban al ver aquellas vistas, me sentía como una privilegiada cuando, desde lo alto de la colina, veía el mar. Abrí mi libreta y, cuando me disponía a seguir mi historia, la luz blanca me invadió otra vez. Ese genial momento en el que se apartan los pensamientos para dejar paso a la *inspiración*.

Me quedé observando el lugar. Las cucarachas subían por la «s» de «Damas» y estaba claro que el verde del fondo no contrastaba con el lila que compartían las letras del cartel. Era un lugar oscuro y sucio y los desagradables personajes embriagados que allí residían eran, como poco, deplorables. Me gustaba ese bar. Su nombre no le hacía justicia: probablemente ninguna antigua dama querría entrar ahí. Nadie sin alcohol en sangre lo haría. «Tampoco tendrán juegos de mesa», pensé. Para mi sorpresa, tras preguntar, afirmaron tener un ajedrez. No estaban todas las piezas, pero, a modo de reina blanca, tenían un corcho de vino que intentaba aguantarse de pie.

Camino a casa reflexioné sobre mi historia, sobre cómo la iba a llevar a ebullición. Me gustaba escribir; por un momento dejaba de ser yo la protagonista de la trama o, mejor aún, *seguía siendo yo, pero tras una máscara.*

Crucé la puerta y un suspiro cargado de pereza me invadió el cuerpo. No había voz que me pusiera tan nerviosa, ninguna como la de mi madre.

Comimos las tres, como en los viejos tiempos, y hablamos de la infancia, cuando Eva y yo fuimos criadas por dos madres adolescentes en pleno apogeo del LSD. Pobre Eva —pensaba yo muy por dentro—, como odié a esa niña.

Por fin daban las cuatro. Me gustaba mucho esa hora, era tranquilidad y paz, solo las moscas en verano pululaban, pero ni un alma. Era como si el mundo se durmiera, como si los párpados cedieran al descanso anhelado durante todo el día. Aunque no ese día. Mi madre iba por la tercera copa de vino, que seguía a dos cervezas y un vermut. Ya empezaba a expresar su culpabilidad.

—Tu padre —empezó—, a lo mejor si hubieras tenido un padre... —Y me miraba frunciendo sus cejas pelirrojas—. Yo sé que aún me guardas rencor por aquello, pero entiéndelo, yo era joven y quería con todas mis fuerzas tener una niñita preciosa como tú, pero ese cabrón no quería, no te quería, Niebla— hablaba muy fuerte ahora.

—Cálmate, Miranda, y deja de decir tonterías —le dije entre dientes.

—¿Queréis un café? —dijo Eva impasible.

—¿Para carajillo, tenéis algo? —postró mi madre.

Y Eva se alejó de la mesa en busca de alcohol para ese pozo sin fondo.

—¡Qué bien! Me alegra estar contigo, Niebla. El otro día me acordé de cuando fuimos las cuatro a ese festival, ¿cómo se llamaba?

—«Cabo Ácido».

—¡Sí, cierto! Me sorprende que te acuerdes, Eva y tú aún erais muy pequeñas. En fin, tuvisteis una infancia divertida como mínimo. He cometido errores como todas las madres, pero eso no me lo puedes negar, ¿no?

—Tu carajillo, Miranda —intervino Eva.

Nos invadió el silencio, aunque mi madre siempre tenía palabras para llenarlo.

—Bueno, Eva, cuéntame, ¿cómo vas con el tema chiquis?

—Bien, bueno; ir haciendo y deshaciendo, la verdad. Nada fijo, ya sabes.

—Así empecé yo. Tu madre era mejor que cualquier relación, que cualquier cosa; éramos un gran tándem. ¿Cómo está, por cierto?

—Bien, muy bien, y Cris también. Se han mudado a la sierra, ahí encontraron la tranquilidad y mi madre vive feliz entre árboles, ya sabes.

—Ah, sigue con Cristina —trató entonces de disimular el desprecio—. ¿Y sigue trabajando de vendedora de fármacos?

—Sí, sigue de comercial.

—Claro, los ha probado todos —se rio.

Aunque Eva empezaba a estar incómoda, recogía las migas de pan que quedaban en la mesa y respiraba cada vez más fuerte.

—Niebla, cariño, tráele una chaquetita a tu madre, que tiene un poco de frío.

Anduve como pude hasta la habitación y allí me apoyé, por fin, en la mesa para respirar. «Qué ser más irritante», pensaba muy dentro de mí. Me tumbé en la cama con las piernas alzadas contra la pared. Eso me calmaría. Pesaba en lo insoportable que era mi madre, lo cruda que era y había llegado a ser y lo muy poco consciente que era de ello. Me encendí un cigarrillo y, con el humo, empezaron a asaltarme recuerdos. Cuando quise darme cuenta, Eva estaba picando a la puerta.

—Niebla, creo que tendrías que venir. Tu madre no va a tardar en irse —dijo desde fuera.

Me dispuse a incorporarme, aunque mis piernas hormigueaban y la vista se me nublaba.

—Ahora vengo —le dije.

Mi madre estaba recogiendo ya las cosas, fruncía el ceño y hablaba entre dientes. No quise preguntar, aunque no hizo falta. La acompañé a la puerta y, cuando me creía liberada, empezó el terremoto:

—¿De verdad crees que es normal? ¿Tú crees que es normal tu comportamiento? Tu madre viene a verte después de meses sin llamarla y te recluyes en tu cuarto como cuando tenías cinco años, ¡debería darte vergüenza tratarme así! Tendría que dejar de preocuparme por ti. Con lo que yo he hecho. He dado mi vida por ti, Niebla, mi juventud.

—Tú decidiste tenerme.

—Eres una desagradecida. ¿Acaso crees que sabes lo que es ser madre? ¿Lo que es criar a una hija tú sola? ¿Lo que es criar a alguien como tú?

—Te estas pasando, Miranda.

—¿Que me paso? Tú no sabes qué es criar a una niña que no te abraza, que te llama por tu nombre cuando solo tiene cuatro años, que no acepta tu amor y te tacha de su vida a la que puede.

—Sé qué es ser hija de un arrebato momentáneo.

Se calló. Por fin se calló.

Solo recuerdo llegar como pude a la cama. Cuando desperté, sentía todavía unas garras en el pecho. Eva estaba a mi lado con una toalla mojada y me enseñaba fotografías calmas.

—Lo siento —me dijo transcurrido un rato—, no debería haberla llamado. A veces olvido cómo es tu madre.

Y, poco a poco, el tema fue derivando a mi concepción.

—Aún me cuesta creer, ¿sabes? Cómo alguien puede hacer eso, es completamente premeditado. Y cómo te lo has guardado sola tanto tiempo. Entonces, ¿crees que tu padre sabe que existes?

—No lo sé, Eva, pero tampoco ha hecho el esfuerzo por saberlo.

Algo se rompió. Sin que me diera cuenta, en mi cabeza se había vuelto a plantar esa semilla.

Dormí unas dos horas y, al despertar, me sentí asqueada entre la basura de mi mente. Me dirigí hacia el Damas sin pausa, las paredes de mi casa se hacían pequeñas y ansiaba llegar a esa ciénaga de calma. Atravesé la puerta del bar con sigilo y, doblando la esquina, entré directa por el marco mugriento del aseo de mujeres, no recordaba haber entrado nunca y, pese a ello, me era familiar. Al salir a lavarme las manos, encontré mis pupilas mirándose en un espejo, tenía unas letras escritas: «amilac - zerdeja - samad - albein». Me gustó ese espejo, tenía un marco extraño, muy llamativo, con formas geométricas, parecía obra del mismísimo Malevich. Me gustaban las formas geométricas, eran exactas, firmes, puras y *simétricas*. Un deleite para la vista de cualquier ser cuerdo, *la proyección de una proyección*.

Ese curioso hallazgo me había inspirado, me había revuelto por dentro, como si me hubiera devuelto algo más que mi reflejo en él. Salí del baño y me senté en mi mesa habitual del Damas, esperando mi café en taza de vidrio y tratando de aguantar el mismo clímax para abrazar mi novela, para que me envolviera en sus dulces brazos la *inspiración*.

La hoja en blanco era mi confidente, el alma vieja que acompañaba a los días de tristeza con sabios consejos mudos, la principal testigo de mis fantasías, de la narrativa que palpitaba en mis venas. Salí del Ajedrez sin saber el largo día que me esperaba. Era sábado, adorado por tantos, aunque, para mí, el peor día de la semana. No tenía que acudir a mis queridísimos estudios, pero debía servir vasos cargados de muerte hasta las seis de la mañana a niños con complejos que trataban de olvidar su patética vida. Entré por la puerta dispuesta a comer y dormir un rato, sin contar con las distintas formas que tendría mi padre de arruinarme ese plácido momento. Y ahí estaba él, desnudo, cantando con una botella en la mano. Nada más oír la puerta, gritó:

—Calima, hija mía, ven a bailar con tu padre y tómate una cerveza.

—Tengo que comer y dormir un rato, hoy trabajo hasta la seis, papá.

—«Tengo que», siempre «tengo que». Calima, la vida son dos días, ¿qué pasará por que te tomes una cerveza con el anciano? Mañana es domingo y trabajas sirviendo a borrachos que no se enteran de qué les has puesto en el vaso, borrachos que van ahí a divertirse y, ¿sabes qué te demuestra eso? Que tú también puedes hacerlo. —Dejó pasar unos segundos—. Venga, Calima, solo una cerveza.

La verdad es que trabajaba en un antro donde era la única persona que estaba sobria, así que, ¿qué podía pasar?

Mi padre se crecía cuando bebía en compañía, era como si, por un momento, fuera feliz. En parte, y solo a veces, me gustaba verlo así, al principio.

Salí a comprar más cerveza pese a que él me insistiera en que era el momento de empezar con el *whisky*. Estaba contenta de compartir momentos con mi padre, sabía que no era bueno para él, pero, de vez en cuando, podía olvidar su estado de perpetua apatía.

Entré en casa y la imagen me abofeteó en la cara: estaba desnudo en el suelo al lado de un charco de Cutty Sark y cristales rotos. Tenía un corte muy profundo en la cara que no paraba de sangrar. Le desperté.

—Papá, te has caído, tienes un corte en la cara y seguramente una contusión, si no tienes hemorragias internas. Has roto la mesa con la espalda. No te asustes, pero tienes que ir al hospital.

Trató de incorporarse.

—No tengo nada de eso, hija. Estoy perfectamente. ¿Por qué has quitado la música? —Se puso de pie—. Venga, alegra esa cara de susto, tu padre es una roca.

Se desmayó. Traté de despertarlo de nuevo, pero no hubo respuesta, comprobé su pulso y llamé a la ambulancia.

—Ya nos encargamos nosotros, tranquila, Calima. Tendríais que mudaros cerca del hospital.

Lo cargaron en la camilla.

—Gracias —suspiré.

Me tiré exhausta en la cama. Mi móvil sonó y me di cuenta de que me había dormido. Me arreglé como pude y subí al autobús. Era una bonita noche, el cielo desprendía un color grisáceo y las nubes se hacían de plata por la luz de la luna.

Tras las palabras que tuvo mi superior conmigo, me dispuse a servir copas y a soportar el acoso sexual de los clientes, que iba creciendo a medida que aumentaba la cantidad de alcohol en sangre. Por fin acabó mi turno y, cuando ya vislumbraba la parada, el autobús se escapó delante de mis ojos. Una hora de espera hasta el siguiente. Anduve cansada hasta llegar a un bar abierto. Era un lugar lúgubre, las cucarachas andaban tranquilas por las paredes y estaba claro que aquellas letras señoriales no hacían justicia a la realidad. Era oscuro y siniestro y sus huéspedes hacían que corrieran escalofríos por todo mi cuerpo. Sus miradas eran directas e indiscretas, así que me tapé hasta la clavícula con el pañuelo que llevaba colgando del brazo y traté de ignorar los comentarios lascivos que susurraban aquellos viejos alcoholizados. Se acercaban. Se acercaban demasiado. Y aunque todas las personas ahí dentro lo vieron, nadie dijo nada. Nadie nunca dice nada.

Salí como pude de ese antro y, con el corazón en la boca, aceleré el paso. El envase del café quemaba las puntas de mis dedos y, atravesando la tapa de plástico, se derramaba en gotas ardientes por mis manos temblorosas. Pensé en parar, en sentarme en cualquier banco solitario y disfrutar —por fin— del café que tanto ansiaba, pero cuanto más ordenaba a mis pies que se detuvieran, más se aceleraba mi paso. Pasé de largo comercios entreabiertos, balcones que aún dormitaban y ventanas con las cortinas a medio recoger donde, poco a poco, despertaba la vida. Traté de calmarme observando la dulce y frágil luz de aquella mañana congestionada, observaba la gran cúpula blanca —casi gris— que creaban las nubes, revelándose como un lienzo todavía en blanco que miraba desafiante al artista oxidado que se esconde detrás. Mis pasos, cada vez más firmes y relajados, me llevaron a mi destino.

Empecé a pensar en la neutralidad que tratan de alcanzar los hospitales con su color, como si no quisieran que fuera un sitio triste, ni divertido, simplemente serio. Puede que lo sean, pues se juega en cierta manera con y contra la muerte. Mi padre ya se había ido, así que evité cualquier desafortunado encuentro con el personal que había cuidado de él y las conocidas conversaciones llenas de compasión, silencios e incomodidad.

Llegué finalmente a la estructura de cemento y todo estaba justamente igual que hacía unas horas, incluido mi padre. Pensé en llamar otra vez, pensé en despertarlo y llevarlo a la cama, aunque no hice nada de eso. Pensé en dormir y también en que aquel alboroto mental no me dejaría cerrar los ojos sin evocar millones de pensamientos perturbadores. Me dirigí al Ajedrez, dormiría más tarde durante el día.

Aquel bar era distinto: sus viejos alcoholizados eran ya parte del mobiliario y los únicos gestos que hacían servían para verter en sus bocas el anzuelo que habita en el fondo del vaso. Era un lugar extraño, aunque me gustaba el tacto de sus mesas de madera, el color ya amarillento del papel de las paredes, la luz tenue que entraba por la ventana e iluminaba aquel oscuro lugar. Era el escenario de mi novela y yo la escritora que invocaba en una hoja la *inspiración*.

Las gotas se deslizaban sobre los vidrios amarillentos del Damas, creando caminos ignotos, acariciaban los tallos y las hojas, gritaban la música melancólica que envuelve los días mojados, bailaban de un lugar a otro, solo calmas cuando se tocaban unas a otras creando ciénagas finalmente en reposo. El húmedo ambiente deshilachaba las mesas de madera y los personajes embriagados que ahí residían parecían eclipsados esa mañana por las letras que murmuraba el sonido de la lluvia, calmos como las gotas al unirse, restaban en silencio. Y yo, como única testigo de la luz blanca, escribía absorta en mi propia narrativa.

Me gustaban los días de borrasca, el admirar por la ventana de aquel lugar cómo el cielo lloraba a cántaros. Los vidrios se empañaban como si una calima espesa se dibujara en ellos. Agradecí haberme despertado temprano.

Entorné los ojos buscando el reloj de pared; tenía el vidrio borroso, creo que un tanto grasiento, pero aun así conseguí apreciar la hora: las siete y diez. Llegaba tarde. Había sido embrujada por las palabras que me dictaban las gotas de lluvia. Había perdido el sentido del tiempo.

Recogí mis cosas para regresar a las paredes de mi cuerpo, pagué el café servido en taza de vidrio y me dirigí, tan rápido como pude, hacia la estación a por el tren de las siete y veinticinco. Sabía de la existencia de ese tren, aunque nunca había llegado a subir en él. Mis músculos se estaban agarrotando y ya empezaba a notar el corazón latir dentro de mi cabeza, sudaba y respiraba forzadamente, ese vértigo empezaba a encerrarme de nuevo.

El tren arribó a su destino y conseguí llegar corriendo al lugar que retenía los días —para mí— laborables. Hoy, aquellos humanos llenos de recuerdos y presos del olvido estaban especialmente alterados. La imagen que me profesó la habitación de la señora Palomas —una anciana un tanto estridente y excesivamente endulzada— me abofeteó la cara: tumbada plácidamente en la cama junto a una mancha de salsa de tomate en la almohada, que, tras admirarla unos minutos, me esbozó la forma de África. «Seguramente será un bello continente», pensé. Seguí mi habitual ruta hasta agotar las bandejas del desayuno, aunque no podía olvidar la familiaridad con la mancha de la habitación de la señora Palomas. Cuando ya repartía la penúltima, me abrumó el señor Miralles con su apego excesivo, siempre tan afectuoso y agradecido como si el mundo girara a su alrededor, con esa sonrisa que no se borraba de su rostro ni en el día más gris y lluvioso. El señor Miralles contrastaba con la siguiente de aquellas habitaciones llenas de tristezas. La señora Hernán era la reencarnación de aquel día de lluvia, sus ojos caídos delataban el hastío y sus muecas relataban, casi con palabras mudas, la súplica de expiración. Su extenuación era tal que su cuerpo había enterrado su mirada. Tenía la vista fijada en la ventana, como si viera su yo ya perdido a través de ella. No conseguía entender aquello que integraba, no sabía dónde habitaba su mente, aunque muy lejos de aquel lugar. Terminé mi ronda con un sabor agridulce en la piel, así que tomé unos minutos para mirar de nuevo la cúpula profunda que ese día nos regalaba el cielo.

Al mediodía, los ancianos desfilaban por el comedor como si fuera una carrera de velocidad, ansiosos por atrapar la pechuga de pollo menos seca. Ya le tocaba al señor Arroyo, aunque hoy no esbozaba sonrisas, ni me miraba con el brillo de sus ojos, ni siquiera se esforzó en tratar de leer mi nombre en la tarjeta, estaba pálido y me fijé en que respiraba con dificultad. De pronto me di cuenta de que yo era la responsable de aquel lugar. Y seguí mirando las cuencas hundidas de los ojos de aquel señor. Traté de ser amable y hablar un poco y me señaló el ordenador y me dijo:

—Eso, señorita, tendría que estar en la nevera o se va a estropear.

Trató de cogerlo con nerviosismo creciente. Empecé a sentir el vértigo y, cuando me quise dar cuenta, el señor Arroyo estaba en el suelo convulsionando. Mi cuerpo se petrificó ante el mugriento accidente que se mostraba ante mis ojos y no pude aguantar. Me pudo la presión y la angustia me agarró, me faltaba el aire y empecé a sentir un hormigueo abrumándome desde los pies hasta las manos. Volvieron a desfilar las imágenes punzantes y, aunque traté de acallarlas, sin que yo lo ordenara, mis piernas desfallecidas corrieron hasta el baño, abandonando la escena. Traté de mojarme la cara, pero las manos me temblaban. La ansiedad me retenía y pronto me encarcelaría el bloqueo. Decidí apilar trozos de papel y mojarlos, aunque se deshacían en mis manos, probé a unir al montón mojado trozos secos, aunque tampoco daba resultado con aquel imparable temblor. Y la angustia no cesaba: reina de toda la nada que abarca. Finalmente, usé la camiseta a modo de toalla y la dejé reposar en mi frente. Acomodé la cabeza en el baño.

Desconozco el tiempo que pasé encerrada dentro de aquellas paredes, pero cuando por fin conseguí salir, las luces del primer piso estaban apagadas y no se veía ni un alma. Me dirigí avergonzada hacia mi taquilla y encontré una nota.

«Espero que estés bien, Niebla.
Ven a mi despacho».

Tras unas palabras que no llegaré a precisar, salí abrumada del despacho de aquella sirena, que trataba de arrastrar a sus trabajadores al ahogo con ella. Su piel envejecida se estiraba al pronunciar esas palabras que, para ella, brotaban inocentes y, en cambio, para mí se presentaban dagas destinadas a cambiar mi vida por completo. En silencio la maldije por cortar las riendas que nunca logré coger, por decidir unilateralmente que, desde ese momento, se alejaban de mí.

Salí del despacho y la estación de autobuses abandonada me pareció el mejor sitio para leer el informe.

> «Muy Sr/a nuestro/a:
>
> Por medio de la presente, le comunicamos que la dirección de esta empresa ha tomado la decisión de proceder a la extinción de su contrato de trabajo por despido disciplinario, causado por un incumplimiento grave y culpable por su parte y está justificado...».

Anduve hacia aquel lugar que me había regalado una mañana de luz blanca. Sin pausa. Sin que dejaran de acariciar mis mejillas gotas prácticamente idénticas entre ellas. Prácticamente idénticas a las de esa mañana. Prácticamente las mismas. Repasando aquello que aún no había ocurrido cuando las gotas de agua dulce se deslizaban por los cristales del Damas. Cuando creaban laberintos dejando que una tímida gota decidiera sin convicción atravesarlos, casi sin saber qué camino estaba eligiendo.

Atravesé la puerta de aquel antro sin saber aún el porqué del nombre Damas. Esperando que tras aquella tormenta aflorara un brote de luz que me dictara las palabras. Tomé un carajillo, con los ojos fijos en la nueva hoja en blanco, esperando paciente a que *ella* apareciera para transformar mi purgación en bellas palabras. Pero ni rastro. Un segundo carajillo y con él la impaciencia de aquel que desea limpiarse por dentro con la tinta. El silencio empezó a abrumarme cuando la densidad del papel se me mostró irreconocible. Cerré los ojos. Paciente, ya con el tercero, los volví a abrir para mirar por la ventana, tratando de reconocer las gotas ya secas en los cristales, que regalaban a todo el que estuviera dispuesto a mirarlas un boceto del pasado: de los caminos ignotos, de los laberintos que se veían forzadas a atravesar las tímidas gotas. Y, de pronto, la neblina se acomodó en el aire que entraba y salía de mi cuerpo, nutriendo ya desde la punta de mis dedos hasta las de mi pelo, y así lo hizo *ella*, para dejar a su paso mi cuerpo envuelto en *inspiración.*

No consigo descifrar qué entrañaba ese lugar, las mesas de madera, las vistas y esas almas perdidas que deambulaban por la vida con el único propósito de formar parte del mobiliario de un triste antro. Detuve mi escritura para nutrirme del casi fantasmagórico ambiente del lugar. Para observar con ojos tiernos y melancólicos, evocando cada instante transformado en recuerdo que aquellas paredes me habían brindado. Para retratar en mi mente, como en un análisis detallado o en una mismísima fotografía, aquello que me envolvía. Aún embelesada, salí del Ajedrez y anduve bajo el cielo negro. Había sido un día devastador, después de las escenas deplorables de la tarde anterior y la noche extenuante, me encontraba exhausta. Comí un poco y, pese a estar cansada, tardé un rato en dormirme. Solo despertar, ya caída la noche, necesité abandonar de nuevo aquel lugar.

Observé, antes de cruzar la puerta, aquello que tenía que considerar mi casa, aunque, tras mirar a mi alrededor, la misma definición de hogar perdía su sustancia. Los músculos todavía me pesaban, pero, pese a encontrarme cansada, decidí cerrar la puerta e ir a pasear.

La suave brisa acariciaba mi rostro, bailaba entre mi pelo. Me fijé en los pequeños insectos que orbitaban la luz de las farolas preguntándome cuál sería su propósito, cuál era su camino. Tal vez solo estaban ahí, tal vez solo estaban de paso y, sin consciencia de su propia consciencia, gravitaban en torno al resplandor.

Tal vez esperaban cada largo día a que —por fin— llegara la noche para reencontrarse con su propósito: para reencontrar esa luz que se presentaba blanca ante ellos, que prendía su interior, volviéndolos ciegos de su belleza y su egocentrismo, sin poder dejar de pensar en ella hasta saciarla —a su manera—, hasta dejarse —por fin— orbitar en ella.

Abandoné el cemento y me sumí en la oscuridad de aquella pequeña colina. Liberé mis pies y cogí los zapatos con la mano. Añoraba el tacto de la arena suave que envolvía aquel pequeño ecosistema, lo suficientemente apartado de la sociedad para acallar el caos y facilitar la desconexión que mi cuerpo ansiaba.

Y de pronto, como hacen las hojas de los árboles con el paso del tiempo y la llegada del momento oportuno, brotaron recuerdos, temores y asfixias que guardé dentro tiempo atrás. Y los dejé salir. Los dejé entrar. Tumbada en el suelo, sintiendo el tacto de arena, hojas y piedras, miraba al cielo mientras caían, sin pesadumbre ni esfuerzo, gotas de mis ojos, siguiendo el curso natural del cauce de mi mejilla. No había llanto, solo apertura.

Los destellos de sol empezaban a entrar por las ventanas de mis párpados y con un bostezo empecé un nuevo día. Me sentía cansada, aunque no era un agotamiento desagradable, sino sinfónico. Levanté la cabeza aún aturdida y ciertos pensamientos empezaron a abordarme. Di una bocanada de aire en un respingo; era tarde, pero aún podía intentarlo.

Aceleré el paso hasta aquellas aulas que tanto me repelían y traté de encontrar a aquella semidiosa del conocimiento.

—Calima, sé que a todo el mundo puede sucederle, pero ya sabes cómo funciona esto. No puedo dejarte hacer el examen.

Se me caían los ojos. De pronto pensé en aquella caja llena de recortes de dibujos, en la fotografía que se desteñía en medio, en la *imagen* que el tiempo había borrado de mi mente y, por mucho que intentara trasladarme a aquel momento, no conseguí tirar el tiempo atrás.

Me observaba con compasión. No debía de dar la mejor impresión. Es probable que tuviera alguna hoja en el pelo y las cuencas de los ojos hundidas.

—No te mereces perder esta beca, aunque ya sabes que no depende de mí. Haré lo que pueda.

Salí de aquella aula y vi a lo lejos los ojos de Eric. Quería ver aquella mirada de ternura, de apoyo y fidelidad. Mis oídos pedían aquella voz conocida y todo lo que tuviera a decirme. Pero no dijo nada, ni siquiera me miró cuando pasé. Cierto era que no había respondido a sus mensajes, ni sus llamadas, pese a la insistencia, pese a su presunta urgencia o cómo había denotado su necesidad. Cierto era que no tenía noticias suyas, que no me había interesado en tenerlas. Puede ser que hasta hubiera evitado los sitios que él frecuentaba. Podría ser incluso que lo hubiera ignorado completamente a propósito. Aunque él no podía entenderlo. En realidad, él no entendía nada. No entendía aquello que pasaba dentro de mí, ni siquiera si intentaba forzar los barrotes para entrar en mi mente. Porque cada vez que sonaba el teléfono con insistencia sin ser atendido, cada vez que evitaba sus pasos, cada día que pasaba sin tener noticias suyas y que nos separaba físicamente, no hacía más que dar vida a la *imagen* —ya irrompible— que tenía mi mente de Eric: aquel chico que daría la vida por mí, que me cuidaba pese a todo, que rasgaba la comisura de mis labios para encenderme una sonrisa; alejándolo de la realidad para, de una vez por todas, vivir como un personaje perfecto, una *imagen* bella e irrompible capturada por mi mente y que habitaba en mí, que ni siquiera el imparable tiempo lograría corromper ni desteñir si no volvíamos a acercarnos.

Abandoné las aulas repasando las escenas presentes en ese zoológico: en el pasillo de arriba de esas jaulas de falsos conocimientos se aglomeraban adolescentes que eran prácticamente sacos de hormonas y se balanceaban unos contra otros en los pasillos, dejando tras ellos hasta el aire desordenado y perfume a jaula sin ventilar. Al descender un piso, se encontraban pretenciosos alumnos de bachillerato que se creían más inteligentes que todas las personas que ahí pasaban sus horas lectivas por el mero hecho de que estudiaban en tres lenguas distintas a la vez. Siempre observando a todos por encima del hombro y con aires de superioridad ante los del piso de arriba, como si hiciera mucho que ellos hubieran abandonado ese estado. Pero el primer piso era —para mí— el peor de todos: pedantes universitarios que se consideraban personas maduras e independientes cuando no eran más que mantenidos capaces de memorizar, sin pensar ni levantar la cabeza ante aquello que el sistema educativo les enchufaba a través de todo tipo de libros, presentaciones, artículos y maestros —que podrían considerarse más bien robots—. Todos obedientes y aturdidos, con la promesa de que, tras aquellos años de pérdida de tiempo y de falso aprendizaje, tras todo el esfuerzo estudiantil y monetario empleado para recorrer paso a paso el sistema educativo, serían alguien en la vida. Me compadecía de ellos normalmente. Incluso llegaba a reírme solo de pensarlo. Aunque no ese día. Estaba claro que no estaba de acuerdo con el sistema educativo, que no me gustaba la forma en que se enseñaba y que no me interesaban más que un par de clases, pero cierto era que me mantenía entretenida, me alejaba de pensar y, con ello, de mi mente. Era más fácil concentrarme en los estudios que en mí misma. Parecía que, cuanto más tiempo libre tenía, más rápido funcionaba mi cabeza.

Además, aquello era para mí como una lluvia de ideas, mi pequeño laboratorio lleno de sujetos de distintas edades, sexualidades, ideologías, aspiraciones y opiniones frente a la vida y sus adversidades; eso me ayudaba a llevar a ebullición personajes, diálogos, ambientes e historias. Supongo que, por mucho que no me gustara la idea, esas personas que yo consideraba títeres, esas aulas que yo consideraba cárceles y esos profesores que yo consideraba robots me ayudaban a potenciar que apareciera en mí la luz blanca. Así que no pensaba perder esa beca.

Y entonces, convencida, di la vuelta y me dirigí a hablar con la directora.

Mi intervención había de ser decisiva, así que empecé muy clara: «Soy probablemente la mejor alumna que tiene y no quiere perderme». Pero aquella señora tuvo ciertas dudas sobre mi afirmación, así que la conversación fue más corta de lo que predije.

Ya en la calle, me di cuenta del abismo que me generaba volver a la fría y maloliente estructura de cemento donde vivía, pero recorrí las calles de vuelta dispuesta a enfrentarme a aquel pánico infundado, pues, en cierto modo, yo también vivía ahí. Me detuve delante de la puerta y observé lo que sucedía en mis adentros: empezaba a sudar y mis músculos se agarrotaban, mis manos temblaban cada vez más y oía bombear mi corazón dentro de mi cabeza, el aire se me agotaba y parecía que cada bocanada contuviera menos oxígeno, hasta que de pronto me invadía de los pies a la cabeza una angustia azul, un vértigo que murmuraba en forma de hormigueo. Me di la vuelta y anduve lo más rápido que pude al Ajedrez; ahí siempre se estaba bien, con olor a tinta y café acuoso, en contacto con mi mundo.

Fue abrir la puerta y el ambiente me envolvió: aquella luz tenue, densa, húmeda, encendía el brillo de mis ojos. Extraje de mi bolsa el manojo de folios que formaban mi libreta, aquella historia que me acompañaba día tras día, pues *ella* era, al fin y al cabo, mi compañera.

Y fluía sin parar, invadiendo mi cuerpo desde los pies a la cabeza, cegándome como la luz blanca. Y así me encontré, cuando la tinta empezó a derramarse, orbitando entorno a la *inspiración*.

Se derramó de un golpe el quinto carajillo —ya frío a causa del paso de las horas— y cayó en la mesa del Damas. Tuve que pedir un par de servilletas. No me gustaba tener que relacionarme de forma directa con el ambiente, entrar dentro de la película, interactuar con sus personajes, con su atrezo, corrompiendo su magia —su guion— como una intrusa. Me gustaba ser testigo silencioso, invisible, de la belleza de aquel cuadro, me gustaba escribir su marco, e incluso pintarlo. Al dirigirme a tocar un objeto o hablar con aquellos personajes embriagados, contaminaba la naturalidad de la escena, adulteraba la vida que ahí se reunía.

Salí del Damas confusa. Un tanto avergonzada.

Me dirigía a abrir la puerta cuando, desde aquellas escaleras turbias, sucias y angostas, pude adivinar los gritos de Eva. Al inicio me asusté, aunque no tardé mucho en descifrar que estaba con una de sus víctimas. De nuevo me encontré cinco minutos después con una chica en el sofá; era mayor que la última persona sentada ahí anteriormente y, aún sin entender cómo, me resultaba familiar. Eva salió de la ducha, pero la chica no se había vestido y ella no pestañeó, ni titubeó, ni siquiera se inventó ninguna excusa que la obligara a irse repentinamente. Yo no dije nada. Solo la examinaba.

Eva la besó y se sentó a su lado. Ambas me miraban y empezaron a hablar conmigo. Hablaban en plural. Hablaban de una casa, otra casa. De gastos y de ir justas los primeros meses. Eva me miraba con sobreprotección. Le daba miedo mi soledad, pero quería hacer su vida. Tenía que entenderlo. Seguiríamos siendo como hermanas, pues, al fin y al cabo, solo los genes nos lo impedían. Yo nunca estaría sola y ellas vendrían cada semana a verme. Yo estaba mareada. Encendí un cigarrillo y abrí una cerveza para compensarlo, pero no pude contener aquello que deseaba salir de mí. Me disculpé disimulando y me dirigí al baño lo más rápido que fui capaz. Me aguanté el pelo como pude. Me lavé la boca al acabar. Me senté de nuevo en el sofá y retomé los hábitos anteriores. Pensé en la posibilidad de contarle a Eva lo de mi trabajo, revoqué la mera idea. Se irían esa misma noche. Hubieran querido contármelo antes, pero aquellos últimos días yo había llegado muy tarde a casa.

La habitación de Eva mudaba ahora un color distinto: la mezcla entre el silencio, el olor —ahora volátil— que había habitado en ella durante años y la pátina de la ausencia. Pude oír mis recuerdos en voz alta, como transcurrían sus secuencias en el retroceder y avanzar para recordar el punto exacto en que me encontraba. Mi *whisky* me esperaba en el comedor. Tenía que celebrar mi nueva etapa. Detuve el mundo para observar a mi alrededor: el sofá desteñido y arrugado, lleno de quemaduras; las pequeñas y accidentales manchas de las paredes, las abolladuras del fregadero —supongo que de soportar tantos platos sucios— y esa barra de bar, siempre pegajosa, junto a ella. Los desperfectos causados por el día a día, aquellos que me habían hecho entrar en cólera, que desataban diariamente mi nerviosismo, ahora resultaban entrañables, cubiertos con su nuevo manto: el embellecimiento del pasado, la agradable y punzante melancolía, inigualable e incapaz de categorizar. El silencio se adueñaba poco a poco de cada rincón, ocupando paredes y sillas, opacando el espacio ahora vacío, haciéndose señor y amo de cada lugar. Yo observaba sus movimientos casi imperceptibles, saboreaba, copa tras copa, el sabor amargo desde mi cómoda posición de espectadora.

Desperté y el sol del atardecer relucía a través de la rendija. El polvo acariciando la ventana me recordaba que, fuera del cubículo, la vida seguía su curso. Me froté los ojos tratando de eliminar aquel dolor horrible en la cabeza y, como una niña valiente, fui al salón. El hedor a *whisky* acompañaba a los insectos que aún disfrutaban de los restos del pastel que dejó Eva antes de irse. Traté de borrar las letras escritas en la pared de mi madriguera horas atrás. Había signos, dibujos y palabras incomprensibles. No lo logré.

El piso se me presentaba enorme, la vida centelleaba y, por primera vez en mucho tiempo, tenía claro qué debía hacer. Decidí recolocar los muebles a mi gusto y saqué de debajo de la ropa sucia una tela vieja, me haría falta. Tomé un papel y procuré trazar con mucho cuidado la caligrafía, debía llevarlo junto a aquel hallazgo. Me dirigí al Damas, siguiendo con mis pies aquel recorrido tantas veces trazado y un solo pensamiento invadía mi cuerpo: quería hacerlo.

Pese a verme envuelta en un mar de dudas, arropé con sigilo el pequeño espejo del baño del Damas dentro de la tela vieja, sabía que debía dejarlo en la mesa de siempre, esa que tantas veces había sido refugio, cuna para el desahogo, para el vómito en forma de letras, con sus personajes embriagados, sus mesas deshilachadas, habitando el húmedo ambiente. Me senté junto a él, en mi pequeño refugio habitual, y saboreé el café, consciente de que, tras horas de escritura, seguiría ahí, ya frío, como testigo de mi narrativa. Y sentí la calima entrando en mí, el escalofrío, aquella niebla espesa que tan solo notarla hacía nacer en mí la *inspiración*.

«Qué melancólico puede llegar a ser salir de la vida de la fantasía», me dije al apartar la vista del papel, «volver a ser una misma». Y orgullosa de mi vómito en forma de letras, conduje mi rostro a observar aquel triste ambiente testigo de mi historia. Esta vez estaba prácticamente vacío, solo acompañado por la tarde que caía y tres hombres embriagados que ya ni hacían esfuerzos en disimularlo. Repasé con tristeza alegre aquel antro mugriento, orgullosa de haberlo descubierto. Recogí mis cosas para abandonar aquellas paredes, pagué el café servido en taza de vidrio horas atrás y anduve lentamente hacia la puerta de madera. Antes de cruzar el marco, giré la cabeza y fijé los ojos en la barra pegajosa, seguí con la estantería llena de alcoholes de garrafón y, sin darme cuenta, me encontré embelesada con las vistas. Iba a cerrar la puerta en silencio, aún distraída con mi historia y sus personajes, aún bajo el efecto de la narrativa, cuando, de pronto, encontré mis pupilas mirando un espejo; reposaba en la mesa justo delante de donde me hallaba sentada hacía tan solo un minuto, la mesa que tantas veces me había acompañado. Me acerqué, estaba sucio y se encontraba dentro de un marco digno de comentario: era de madera y despuntaban en color formas geométricas —y recordé aquella semidiosa—. Había hexágonos verdes, cuadrados que se solapaban con círculos combinando sus colores y creando obras maestras en su conexión. De pronto, una sensación extraña me invadió, lo sentía en la mandíbula y en los dedos de la mano, pues en el espejo estaba escrito: «niebla - damas - ajedrez - calima». Mi corazón se volteó. En plena crisis, lo agarré y bajo su pequeña estructura vi un papel, tenía escrito: «quiero hacerlo». Me bloqueé. Me cuestioné. Me encerré en mi propia mente para entender el porqué, el cómo y su familiaridad.

Salí de aquel antro con impulso y pregunté por el Damas, a quién encontré —sonando surrealista en mi mente— y no obtuve respuesta. Me cuestioné, me bloqueé. Recorrí calles arriba y abajo, fijando mi mirada en cada cartel, en cada portal, tratando de alejarla de mi mente. Ese «quiero hacerlo» se repetía en mí con formato de pregunta junto a un por qué, junto a un cómo, junto a un dónde. La presión se aposentó en mí y, presa de la histeria, del nervio, supe qué tenía que hacer. «De mutuo y armónico acuerdo» era lo que retumbaba ahora en mi mente: «quiero hacerlo». Y crucé de nuevo la puerta del Ajedrez, agarrando con fuerza la libreta en la mano para que ella aún no pudiera salir.

Saboreé el momento, la entrada triunfal en aquel antro, mi dirección concisa y clara hacia aquella mesa, testigo de todo hoy más que nunca y me senté en la silla que tantas veces nos había acompañado. Abrí la libreta. La luz blanca —aquella Niebla espesa— me obligó a tocar el papel.

Doblando la esquina entre sus pupilas, vi mi rostro reflejado en sus temores y supe que eran los míos. Ella me miró confusa, entre la neblina que acompañaba en una tarde de tenues sonrisas. Sus ojos pensaron el papel y, mientras lo miraba, yo lo cogía instintivamente.

Vacilaba al hablarme, parecía asustada, cerraba los ojos como tratando de meterse en su mente. Sonó su conocida voz —música verbal en mis poros— y entonces lo supe:

Sentí un escalofrío y viento en el estómago. Dudé del estado de mi percepción; supuse un sueño, un delirio o una pérdida irremediable de conciencia. Di una calada, pausé el tiempo tratando de dilatarlo y el humo que se desvanecía me recordó lo estúpido de mi intento. La miré, sabiendo que no vería nada en su rostro que no fueran mis temores, sabiendo a tientas que era *ella*. Curioseé sus ojos y observé mis ojeras, aunque podía no verlas. Aunque podía no verla. Centré mi atención en ella y, sin embargo, parecía inmutable ante el tórrido silencio que nos abrumaba. Tragamos saliva y cuando empezaba a sentirse el hueco peso del mutismo, notamos alivio. Era un dulce sosiego, una húmeda calma, era un sueño lúcido; éramos amantes del silencio sintiendo brillar la música del tiempo.

La melodía en su pleno estallido nos bloqueó el cerebro. Nos vimos a nosotras mismas en un bar con los ojos llenos de vacío, buscando en la nada un olor conocido, hablando con un papel entre la espesa neblina que nos absorbía. Siguió la pesadez de un agrio desasosiego, la fría intranquilidad de la pesadilla más terrible que jamás imagináramos. La incertidumbre nos hizo presas y nos sometimos a preguntas que no podíamos responder. Tratamos de emplear la presión para romper *El Espejo*, aun sabiendo que eso no nos libraría de ello.

Tratamos de huir de aquel espeso humo que se apoderaba de nosotras, cada vez más fuerte, cada vez más denso, que nos arropaba entre portada y contraportada, separándonos entre sus páginas de acero, encerrándonos en sus letras, en nuestras propias letras, para llegar a ser de nuevo personajes, la una de la otra, solo vivos en estas hojas.

LA SEÑORA LAR

No podía dejar de mirar absorta a mi alrededor. Las fachadas de piedra se apoyaban unas sobre otras, formando antiguas casas que desprendían vapor de un tiempo lejano. La imaginación completaba todo tipo de historias: guerras a punta de lanza, romances concertados, tragedias de amores prohibidos, sangrías entre los herederos por el territorio...

El suelo de cuarcita pintaba y revestía las calles con un relieve desigual e inclinado que destacaba por su oscuridad frente a las construcciones de piedra. Las callejuelas en pendiente conferían a aquel lugar desértico el encanto de un cuento. No había comercios, ni restaurantes, ni un alma que transitara por allí, solo a través de las piedras, los árboles trataban de abrirse camino en la vida. Subiendo por una vía algo más ancha, también flanqueada por casas de piedra y adoquinada con cuarcita, vislumbré a lo lejos un castillo historicista. Entrecerré los ojos, dada mi mala visión, para distinguir mejor las tres puertas de entrada a sus murallas y cómo el exterior se reflejaba en los altos ventanales que sostenían unos arcos al estilo renacentista. Era majestuoso y se mostraba ante mis ojos haciéndome sentir pequeña, alzándose más y más a medida que me acercaba, hasta que aparté por un segundo la mirada hacia mi derecha y vi aquellas vistas: los campos pintaban de colores aquella llanura, alejando las pequeñas montañas y altiplanos y desdibujando, casi por completo, las siluetas azules un poco más escarpadas que se llegaban a confundir con el fondo. Decidí que aquel debía ser mi próximo hogar de escritura. Siempre que empezaba a escribir, lo hacía.

La ruta se me había quedado grabada, por lo que cargué las maletas en el coche y, casi sin detenerme un momento, solo ralentizando la velocidad para observar el delicioso paisaje, me encaminé a mi nuevo lugar de vida.

Fue duro dejar atrás —aunque fuera temporalmente— mi casa. Aquellas alfombras impolutas, cada una con su historia; el sofá ocre, compañero de sueño de media tarde y, sobre todo, aquel chifonier regalo de mi abuela que por primera vez no me acompañaba en mis mudanzas.

Descargué las maletas del coche, volví a observar de nuevo aquel pueblo casi por entero amurallado y supe que había escogido bien. Este tenía dos entradas: crucé las arcadas de la antigua puerta fortificada de la derecha que, desde entonces, había escogido, sería la única que usaría. Bajé las escaleras y recorrí la pequeña calle hasta el número nueve, mi casa. Me planté delante y observé la fachada llena de agujeros de bala en la que se apoyaba un pequeño balcón. Me imaginé tomando café por la mañana junto a mi ordenador, deleitándome con el ambiente, nutriéndome para convertirlo en el lugar fantasioso donde ocurriría la historia. Entré por la puerta principal y, como suele suceder en las casas de campo, estaba completamente oscuro. Dejé la puerta abierta y a la luz de las nubes pude vislumbrar la entrada: contenía unas escaleras junto a una almazara vieja. Subí cada peldaño reafirmando mis pasos y llegué al primer piso. Pese a que las telarañas se habían adueñado del lugar, el ventanal del balconcito iluminaba el amplio salón donde se integraba la cocina y las escaleras que llevaban a la siguiente planta. Decidí seguirlas y, al encender la luz del segundo piso, me sorprendió una mesa de billar de carambolas. Recordé a mi abuelo junto a sus compañeros del bufete que, entre humo y risotadas varoniles, pasaban largas tardes jugando.

Colindantes a esa habitación central, se encontraban una habitación de madera y el amplio baño, digno de comentario. Había unas terceras escaleras que debían de subir a la buhardilla, aunque decidí guardar ese deleite para otro momento.

Bajé a mi nueva cocina y extraje de la bolsa de la compra el café. Me serví una taza, puse dos cucharadas de azúcar y salí a mi privilegiada atalaya. Quería observar la vida en el pueblo, aunque, tras una hora y tres cafés, ni un alma había pisado la estrecha calle.

Preparé la comida. Pensé en comprar un televisor, pero lo descarté; mi estancia en ese pueblo tenía una finalidad y todo aquello que pudiera distraerme de mi novela no era bienvenido. Así que comí observando una araña solitaria en busca de alimentos, parecía ansiosa esperando aquello que pudiera caer en su trampa. Volví a mi lugar de observación con el café caliente y, de nuevo, la soledad fue mi acompañante. Fue oscureciendo y compelerme a quedarme por si acaso alguien me acompañaba perdía ya el sentido cuando el frío se había apoderado completamente de los dedos de mis pies.

Aquella noche tuve miedo. Oí voces. Carcajadas agudas y maléficas, de bruja. Quise levantarme y salir a comprobarlo, pero el miedo me atemorizó y me sumí presa de la cama. Cuando por fin me levanté, estaba exhausta. Preparé un café, subí al coche y fui a ver qué me deparaban esos campos inagotables. Tomé la carretera del río y, cuando pude parar, paseé por la orilla. Añoraba aquella soledad, ácida al principio, aunque tornándose dulce con el paso de los días. Ya de vuelta, me crucé con alguien que conducía un coche y fijé mi atención en aquella cara. Era la primera persona que me cruzaba, la única: una mujer flaca y vieja, con la piel arrugada que no pareció sorprenderse al verme.

Llegué a mi hogar, preparé algo rápido que llevarme a la boca y salí al balcón a comer. Nadie transitó las calles.

Y de nuevo aquella horrible risa enturbiaba las noches, hacía que me agarrara a las sábanas y con los codos aplastara la almohada contra mis oídos.

Transcurrieron los días sentada delante del folio en blanco y, poco a poco, volvió a dominar el amargo silencio, así que, con cierto temor, decidí ir a ver a aquella mujer. Programé la alarma, traté de dormir y no pensar en la locura que iba a cometer al día siguiente, pero desperté exhausta tras pasar la noche en vilo y desistí de aquel plan de mi valentía interior.

Cada vez se hacía más grueso, más espeso el muro entre nosotras. Habían pasado dos, tres días, puede que una semana o dos, puede que más, evitándola, evitando cualquier riesgo de acercamiento. Decidí abandonar las escapadas por los campos con el coche, los paseos por el pueblo e incluso el balcón, ni siquiera comería o tomaría el café. No podía exponerme de esa manera, cualquier prevención era poca.

Y de nuevo, aquella noche, aunque me esforzara por encontrar la soledad, esas risas tenebrosas penetraban en mi habitación, infiltrándose entre mis sueños, dedicándome cada deseo maligno que proferían con su sonido. Pero entonces entendí que no debía rehuir aquel demonio, sino enfrentarme a él. Ya no pude dormir y tomé café tras café en el balcón —cómo lo había añorado— observando cualquier movimiento del pueblo. Sin resultado.

Tomé el coche exactamente a la misma hora que el día que la vi y me detuve a dar mi paseo. Anduve casi siguiendo el rastro que habían dejado mis pasos tiempo atrás y trazando meticulosamente el mismo camino de vuelta. Ya no había miedo, solo expectación, adrenalina chorreando en mis adentros y el corazón que se me aceleraba cada vez más. Finalmente, me la encontré: ahí estaba ella, raquítica y arrugada como la última vez, con su indiferencia y sus pocos modales, sin disponerse a mirarme, sin hacer el más leve movimiento, impasible frente a la sorpresa, frente a lo inesperado.

Aquel denso encuentro me inspiró y pasé toda la tarde escribiendo. Ya no comí, ya no cené, solo pasé los siguientes dos días tecleando y viendo cómo, cada vez, el folio se tintaba más y más de negro. Y es que qué gran gozo es para los escritores sin rutina cuando, tras una temporada de sequía, se inunda la cabeza de ideas, de ríos y afluentes que confluyen para llegar a un mar de letras impolutas. Fueron grandes días.

Abrí los ojos a causa de la luz abrumadora que entraba en la habitación. La última noche había sido un desmadre. Celebré con mi grata compañía la escritura de mi primer capítulo junto al aniversario de mi llegada con un par de botellas de vino y un buen vaso de whisky.

Puse los pies en el suelo y me prometí que sería un día de descanso. Las nubes se habían adueñado del cielo y ahora la gran cúpula blanca se decidía a acompañarme en mi día de vagancia. Calenté unos fideos y luché por encontrar la postura más cómoda en el sofá, lo suficientemente erguida para comer sin mancharme, aunque pudiendo notar como esos cojines me absorbían.

Aquella noche fue la peor: la risa se apoderó de todo. Proyecté la conversación con aquella mujer: «Soy vecina del pueblo y la verdad es que nunca he oído esos gritos», y también cómo se rascaba la oreja, cómo apartó la mirada con nerviosismo y cómo sonrió incómodamente al final, estirando sus arrugas. Fui entonces a buscarla.

Recorrí el pueblo de arriba abajo, entreabriendo los ojos —dada mi poco oportuna miopía— y tratando de hacer muy poco ruido para lograr oírla y pasar desapercibida.

Al abrir la nevera confirmé aquello que me había temido: todas las existencias traídas de mi antigua nevera se habían agotado, a excepción de una berenjena —ya de color marrón— y medio limón que sobró de un margarita. Casi arrastrándome a mí misma, decidí encaminarme hacia la *gran* civilización. El pueblo donde se hallaba el supermercado estaba en la misma dirección que el trabajo de la escuálida mujer —ahora sé que llamada Sra. Lar—, al que me invitó curiosa y siniestramente a ir algún día. En el supermercado me sentí completamente observada y despreciada. «El mejor día para ir a la compra, señora», me dijo una joven de la caja con una sonrisa forzada, como si fuera extraño ir a comprar un martes por la tarde. Y orbitó los ojos al ver los dos carros que llevaba. No tenía que darle explicaciones, aunque parecía que las exigiera. Pagué lo más rápido que pude y me fui sin abrir la boca de esa desagradable situación, oyendo cómo cuchicheaban las cajeras con los otros clientes.

No estaba acostumbrada a esa estridente luz fluorescente, ni a aquel forzado contacto humano, con la obligación intrínseca de sonreír y dar pie a conversaciones absurdas y sin sustancia. Así que apretujé la compra en el coche y volví al silencio absoluto de mi nuevo lugar de vida. Oscureció encima de mis hombros mientras paseaba silenciosa por el pueblo; ahora ya no la buscaba, ya no observaba en todas direcciones para ver si la veía, solo disfrutaba de mi auténtica soledad, de un silencio solo roto cuando yo misma quería romperlo. A veces lo hacía, silbaba o echaba el aliento fuerte para romperlo porque me encantaba deshacer su densidad, de pronto. Se hacía una rendija de sonido en la oscuridad del silencio y eso hacía bailar mis oídos.

Y volví de nuevo a la comida rápida y a mi rostro iluminado por la pantalla blanca, al ruido constante del tecleo, a no ver pasar las horas por la abducción de las letras. De nuevo volví a ver salir el sol desde el lugar de la cena, a olvidar la comida y permanecer sentada en la misma silla cuando el día ya oscurecía.

Ignoro cuántos días viví en la misma postura, únicamente moviendo los dedos y los ojos. Solo recuerdo el orgullo al ser capaz de parar y ver mi obra, ver cómo poco a poco iba tomando forma. Otra vez volví al vino y al whisky, a despertar abrumada por la luz del sol, a prometerme un día de descanso, a dejarme derretir en el sofá. Me proyecté días atrás hablando con la Sra. Lar —que ya no me parecía tan raquítica, ni tan vieja, aunque las arrugas siguieran siendo dueñas de su rostro— de lo contenta que me encontraba con mi escritura y a ella diciendo que lo importante era escribir con el corazón —y yo me estaba dejando la piel—. Y la proyectaba una vez más riéndose de aquella forma espeluznante que me había quitado el sueño durante tantas noches. Me acordaba de mis codos comprimiendo la almohada contra mis orejas, del miedo paralizante que me retenía inmóvil en la cama, tiritando y usando las sábanas como refugio. Y la imaginaba a ella, escuálida y arrugada, con su indiferencia y sus pocos modales, sin hacer un leve movimiento, impasible frente a aquella rotura de silencio con su risa desconsiderada.

Tras días de entera soledad, desperté ansiosa celebrando otro aniversario de mi llegada a aquel pueblo: conté y rememoré todas las veces que me había movilizado hasta el supermercado y arrastrado por los pasillos —de estridente luz fluorescente—, repasando la larga lista para no olvidar nada. Pues la vuelta a aquellos excesos, a aquellos forzados contactos humanos, me espeluznaba, me aterraba incluso. Lo planeaba con días de antelación, reducía mis comidas para lograr aplazar aquel martirio.

Intentaba que la Sra. Lar fuera por mí, pero ahora la proyectaba diciendo: «Hija, estoy mayor para estas cosas».

Me quedé embelesada con una tela de araña que colgaba del techo, solitaria, huérfana de compañía y balanceándose de una esquina a otra de la pared, como tratando de aferrarse a algo. Pero aquel suceso no me produjo placer, más bien un ansia mayor.

Aquel día, el cielo hablaba con otra voz, las nubes me susurraban mensajes indescifrables y parecía que las piedras solitarias de la calle estuvieran a la espera del alma para juzgarla. Me tomé un café, pero la barandilla del balcón parecía inestable y las telas de araña que habitaban en ella se hallaban también huérfanas. La vida que había en aquella casa se marchitaba detrás de mis ojos y los guijarros del suelo aguardaban sentenciar a otra conciencia. El reflejo envejecido en el vaso de café me miró, acusándome, quería desprenderse de mí. Así la vida que había en aquel hogar se apagaba y las telarañas que lo habitaban se veían desamparadas. Y, de pronto, el cuchillo que sellaba el manuscrito *LA SEÑORA LAR* —ahora color púrpura— sellaría también la tela de araña que era aquella casa ya marchita y ahora huérfana de vida.

Solo al perder la vida pude agradecer mi escritura y verla a ella, maravillosa *proyección* que me había acogido en sus dulces y cálidos brazos amurallados, en su mirada de encanto de cuento que desprendía vapor de un tiempo lejano y que tanto disfruté al escribir. Pues ella era —por fin— mi hogar de escritura, mi lugar de vida, mi Lar.

EL CAJÓN DE LOS RECUERDOS

Las mesas verdes dispuestas en cuadrado, las sillas que entonces parecían enormes no eran nada en realidad comparadas con el castillo, con esa cueva a la que llamábamos «la mesa de la maestra». Rondaba por la clase asombrado de aquel orden, de los cajones destinados a apilar nuestras pequeñas obras, de las estanterías que guardaban cajas de Plastidecor de todos los colores, de los juguetes de carácter antiguo que me tentaban a jugar con ellos cada vez que pasaba por delante. Navegaba por el aula cuando, de repente, me encontré con ese tesoro. Nunca, hasta mis cinco años de edad, hubiera pensado que se pudiera encontrar algo tan magnífico. Era un cuento que no podía verse a simple vista: los dibujos que contenía estaban escondidos bajo líneas rojas y no lograba adivinar más que aquello insinuado, más que ciertos trazos indescifrables. Aquel libro tenía su propio lenguaje.

La maestra se enfadó conmigo por estar todos mis compañeros correctamente sentados mientras que yo ojeaba tranquilo la primera página de aquella maravilla. Me cogió del brazo con firmeza, la suficiente como para asustarme, pero sin llegar a hacerme mucho daño, y me sentó en el pupitre. A mi lado había un niño de rizos oscuros y con gafas que tenía, desde los agujeros de la nariz hasta casi entrados los labios, todo lleno de mocos secos. Le estuve mirando fijamente hasta que clavó su mirada en mí y fue en ese momento que vi el juguete que tenía entre sus manos. Me fascinaron los colores beige y grisáceos que denotaba, esos motivos florales tintados de rojo... Pero el mocoso escondió aquel juguete con forma de lupa y no alcancé a ver su utilidad. Con ansia, decidí preguntarle qué era aquello que guardaba entre las manos, pero, justo cuando empezaba a explicármelo, la maestra apagó las luces y nos repitió que debíamos estar callados y escucharla. Entonces encendió aquella pantalla gigante que ocupaba la mitad de la pared de la clase y nos enseñó una fotografía del trabajo que debíamos hacer, nos dividió en grupos y se llevó a mi grupo a otra sala. Antes de salir del aula, intenté buscar a mi compañero, pero él ya estaba sentado en un corro con las piernas cruzadas, el lápiz en la mano y un folio en blanco en el suelo. Aquella asignatura era, sin duda, la peor de la semana: nos encerraban en un cuarto alejado de nuestra clase y nos hacían repetir qué figuras geométricas nos estaban enseñando o cómo se pronunciaba el sonido de ciertas letras. La profesora creía que no nos dábamos cuenta, pero estaba claro que éramos los rezagados, los del grupo básico, los atrasados. Siempre se me hacía eterno, siempre tenía ganas de correr y alejarme de allí, pero aquel día fue devastador.

Fui alegremente a coger mi bocadillo cuando la profesora me interceptó. Creyó oportuno destacar que había estado muy distraído y que era posible que tuviera que llamar a mi familia. Trató, además, de sonsacarme información, me preguntó por mi casa, por cómo había sido mi primera semana en el colegio y hasta me preguntó qué pensaba de mis compañeros y los profesores. Naturalmente, fui escueto y le dije que estaba muy contento y, acto seguido, le pregunté si podía ir a jugar.

En el patio descubrí todo tipo de lombrices y decidí ponerlas en cuencos llenos de arena y alimentarlas con hojas que arrancaba para ellas. Construí también un puente y varios agujeros para que pudieran esconderse y, justo cuando estaba en camino de empezar a construir la montaña, una niña me quitó la pala, así que le di una patada y me la quedé para mí. La niña se puso a llorar y otro niño fue a decírselo a la profesora. Ella me quitó la pala, se la dio a la niña a la que yo había pegado y me castigó a estar solo en clase, sin poder salir al patio. Al principio estaba muy enfadado, pero en seguida comprendí que era el momento para coger aquella maravilla de cuento. Me disponía a ir directo al rincón de los libros cuando se me ocurrió una brillante idea. Salí de clase y miré las etiquetas de los percheros para encontrar la mochila del niño mocoso, pero rebusqué en cada una de ellas y no había rastro del juguete en forma de lupa. Decidí, de todas formas, ojear aquella maravilla y tratar de descifrar su historia. A mí me gustaban las historias, adoraba cuando entraba en ellas y era como un personaje más que habitaba dentro de la piel del libro. No fue hasta pasado un rato cuando sus rizos se dejaron entrever por la puerta y yo, decidido, le llamé en voz baja. Y allí estaba: impasible y quieto, mirándome con la cabeza torcida como si nunca hubiera visto los ojos de otro niño. Alterado por una mezcla de impaciencia e intriga, me abalancé sobre él y busqué en sus manos para intentar encontrar el juguete rojo. Mi intento fue fallido, pues sus manos estaban vacías. Y allí nos quedamos los dos, mirándonos el uno al otro conmocionados, absortos, encajados como piezas de un puzle.

Ese breve encuentro fue el inicio de nuestra gran amistad y aquel pequeño juego duró toda una vida. Él tenía en sus manos la pieza, el lenguaje, la voz; el código para descifrar la historia. Yo tenía el cuerpo, el instrumento, la representación.

Durante los siguientes días entablé amistad con aquel creativo niño y no dejé de escucharle. Juntos viajábamos a las estrellas, al desierto y al fondo del mar, vivíamos en cabañas tropicales y debajo de los volcanes y éramos todo tipo de animales. Juntos éramos uno en la hazaña, él diseñaba el mundo a nuestro alrededor, lo ilustraba con palabras y todo tipo de sonidos, dirigiendo la representación.

Las semanas cada vez pasaban más rápido, los días volaban tanto como yo volaba en el patio con mi amigo. Las clases, aunque seguían siendo para rezagados, eran solo el puente, el momento en blanco entre historia e historia. Decidí explicar en casa, como quien comparte su más preciado tesoro, aquel juego que mi amigo había diseñado: él era el narrador de historias que nos llevaban a tierras desiertas y remotas, a otros planetas; la mente creadora, el inventor de las avionetas y los trajes espaciales. Él era la voz y yo era el cuerpo, el instrumento, el protagonista de sus hazañas, la representación de su interior. Compartí con mi familia la confesión de mi secreto, de mi más preciada información, pero ellos no entendieron nada, ellos nunca entendían nada.

Me llevaba al fin del mundo. Ya no podía atender en las clases de rezagados, pues estaba muy ocupado pensando en cuál sería la próxima aventura que me haría vivir mi amigo. Ya no quería jugar al escondite, ni hacer pasteles de arena y hojas, ni siquiera jugaría con las lombrices: todo aquello ya había quedado atrás. Cuando llegaba a casa, diseñaba próximos posibles lugares a los que viajar, entramaba mis sueños, mi imaginación volaba para crear, aunque nunca fuera el creador, pues debía serlo él.

Mis padres se preocupaban, me decían que debía prestar atención y ser responsable. Yo ya sabía todo eso, pero ellos se empeñaban en repetirlo. Me decían que estaban cansados, desesperados si cabe, que hablaban con la profesora y ni siquiera ella tenía herramientas, que era un «caso difícil» y que no sabían qué hacer para que atendiera. Pero ellos, como siempre, no entendían nada, no entendían que yo aquel día había estado en la sabana, en Júpiter y en un glaciar, que había pasado la mitad de la clase dentro de una planta carnívora, que había luchado contra un dinosaurio y hasta había llegado a ser ese mismo dinosaurio. Y cómo explicarles que todo aquello lo había vivido gracias a mi amigo, cómo explicarles que él era el narrador, la mente creadora, el inventor; era la voz. Cómo explicarles que él era dueño de mi imaginación.

Empecé a ir a una segunda aula por las tardes. Aquella era más pequeña, aunque las mesas de color marrón claro eran de la altura de «la mesa de la maestra» y se hallaban dispuestas muchas sillas a su alrededor. Iba con otros niños, niños distintos a los de mi clase, niños que decían ir a otros colegios. Yo atendía con dificultad porque no dejaba de pensar en las posibilidades que tenía aquella pequeña clase: la pizarra podía convertirse en la ventana por la que mirábamos desde nuestra nave espacial, la estantería de los libros era la pared para escalar o sobrevolar y las mesas eran ahora la cueva en la que vivíamos junto a Fer, nuestra cría de T-Rex. Aunque poco a poco todo aquello se fuera desvaneciendo, pues faltaba mi amigo para narrarlo, el elemento, la imaginación.

En el colegio pronto nos anunciaron una fantástica idea: nos íbamos de colonias, lo que significaba un sinfín de espacios, de objetos y sitios nuevos que transformar con nuestras historias. Un mar de posibilidades a nuestro alcance y sin clases para rezagados ni aulas de mesas marrones, sin timbre que nos recordara que debíamos entrar a clase o abandonar, junto a nuestros parientes, aquella maravilla de espacio llamada patio. Dedicamos los siguientes recreos a imaginarnos en la casa de colonias, a adentrarnos en los bosques que la casa tenía alrededor, a habitar en sus hormigueros, a volar con la avioneta que había en el jardín junto a la marmota que vivía en él y abordar el cohete que había escondido el grupo de *monis* para ir a la Luna.

Aunque desperté con legañas pegadas a los ojos, di un bote y fui corriendo al baño mientras me vestía. Estaba emocionado. El cielo estaba aún tan oscuro como durante la noche, pero eso no me iba a hacer dormirme en el autocar. Cogí mi maleta de ruedas y esperé en la puerta. Me imaginé durmiendo en la litera de arriba junto a mi amigo, por fin. Estaba ciertamente nervioso e ilusionado y mi familia tardaba mucho, pero no quise enfadarme, no quería estar enfadado el día de las colonias. Subí al coche de un salto, sin quitarme la mochila de la espalda y miré por la ventana durante el trayecto imaginándome las historias que viviríamos ya en el autocar: aquellos asientos que podían ser algas del mar sobre las que era posible nadar, el obvio submarino desde el que podríamos ver orcas, tiburones martillo y puede que hasta algún cachalote.

Pero mi amigo tenía otros planes; cuando llegué, ya había escogido a su pareja de autocar y no era yo. Me senté junto a Carlota, una niña que solía ser muy divertida, pero que, al pasar la primera curva, empezó a bostezar y para cuando nos hicieron parar de cantar todos juntos, ya tenía los ojos cerrados y la cabeza caída hacia delante. Intenté quedarme dormido yo también, pero estaba muy ilusionado y un poco triste. Miré por la ventana y empecé a imaginar. Aquellos campos podían ser, en realidad, el suelo de Marte y el autocar, la expedición que iba a pisarlos por primera vez. Yo sería el capitán y Carlota la encargada de relaciones exteriores que se comunicaba a través de su mente con los extraterrestres que íbamos a visitar. Deseaba que fueran pacíficos y que no tuviéramos que luchar, aunque éramos casi invencibles, conocidos como LOS IMBATIBLES. De pronto un «tss» interrumpió mi historia. Era mi amigo que me saludaba con la mano desde tres filas atrás a través del hueco entre asientos y me decía: «Bienvenido a la Luna, señor». Me giré rápidamente para mostrar mi enfado, Marte era mucho mejor. De pronto oí unos ruidos desconocidos y comprendí que estábamos aterrizando.

Las maestras se levantaron y nos dijeron que estuviéramos quietos y que nadie se pusiera de pie hasta que hubiésemos parado por completo, que íbamos a desayunar y que era el momento para hacer un «pipi». Salimos en fila del autocar y bajamos esas escaleras tan empinadas que daban miedo sin accidentes. Miré al conductor y él me sonrió e hizo un gesto con la mano que, la verdad, no comprendí. Tiré mi mochila en la pila con las demás después de coger mi bocadillo de mortadela. Una mano me dio dos toquecitos en la espalda. Yo estaba aún resentido y no estaba seguro de querer hablar con él, pero me dijo, sin que me girara, que le había tocado sentarse con Estel y que el autocar había sido muy aburrido sin mí. Y, sin hacer ninguna pausa, me dijo que se le habían ocurrido muchas ideas, historias y lugares nuevos que me encantarían, que me encantaría representar. Yo recordé LOS IMBATIBLES, pero también «Bienvenido a la luna, señor». Puede que la Luna fuera mejor.

Subimos de nuevo al autocar. Carlota volvió a su estado anterior y, cuando iba a volver a nuestra historia, se repitió en mi cabeza: «Bienvenido a la Luna, señor», también recordé a Carlota comunicándose con los extraterrestres con los ojos cerrados y la cabeza hacia delante, la suposición de lucha contra ellos y hasta el aterrizaje. Pero ya no me era posible volver, la luna era ahora el espacio en que nos encontrábamos y, sin yo pedirlo, sin yo quererlo, me encontraba bajo las órdenes de otro capitán, un capitán más capaz. Intentaba volver a Marte, intentaba volver a Carlota y sus relaciones exteriores, pero la fuerza situada filas atrás que apretaba desde el hueco entre los asientos era mayor. Y al final, tras tanto esfuerzo, empecé a bostezar.

La casa de colonias era gigante y había una piscina a la que no podríamos ir. Más adelante, y pasado el edificio donde se encontraban las habitaciones, el comedor y el porche, había caminos que se perdían entre casitas de madera más pequeñas repartidas en la distancia. Todo estaba rodeado de un bosque frondoso y precioso que seguro que sería el hogar de innumerables historias. De nuestras historias. Y de pronto fui corriendo a buscar a mi amigo: estaba ansioso por jugar, ansioso de nuestra representación. Quería vivir historias con mi amigo, quería divertirme con mi amigo, quería estar con mi amigo en las colonias.

Fuimos a dejar las maletas y fui feliz al saber que compartiría litera con él y, aunque no pudiera dormir arriba, eso no importaba. Bajamos al comedor y, cuando ya teníamos delante el plato de espaguetis, empezó a tejer la clave para la historia que viviríamos en el tiempo libre de después. Empezó a descifrar los detalles clave y a cautivarme con sus palabras. Crecía tanto mi intriga que devoré el plato sin siquiera darme cuenta.

Esperé a que acabara de comer y así lo hicimos: fuimos exploradores en la sabana y avistamos todo tipo de leones, ñus, cebras, rinocerontes... Luego subimos a nuestro barco pirata, nadamos encima de delfines y tortugas y llegamos a una isla desierta donde sobrevivimos recolectando y haciendo fuego.

Acabado el tiempo de recreo, fuimos al porche, nos hicieron hacer un círculo y jugamos a un juego que no acabé de entender. Me cayó bien la monitora que nos asignaron y creo que yo también a ella, porque se acercó a hablar conmigo. Me preguntó si estaba bien, si echaba de menos a mi familia y si quería charlar, a lo que yo respondí con cara de enfado y con una negativa. Me dijo que, durante la excursión, ella estaría al final de todos «haciendo de escoba» (cosa que no sabía muy bien qué significaba) y que, si quería hablar de cualquier cosa, allí estaba.

Hicimos otro juego antes de salir y luego nos explicaron los peligros y las normas que debíamos saber para la excursión. No estaba seguro de por qué, pero me alegraba que no me hubiera tocado en el mismo grupo que mi amigo. Durante la caminata estuve con la monitora simpática y descubrí todo tipo de árboles, plantas, e incluso algún animalito, e hice un ramo de flores y hojas que decidí regalarle. Mientras me comía mi fiambrera de macarrones, le conté, como un secreto ante el que le hice prometer silencio con el dedo meñique, algunas historias de mi amigo —sin darle demasiados detalles— y de nuestro juego particular, de mi participación y también de mis ideas, de cuánto deseaba describirlas. Y escuché sus consejos con atención.

Volvimos a la casa de colonias estando pronto otro tiempo de ocio. Nos hicieron sentar en círculo dentro de una sala bastante grande para hablar de la excursión. Iban apuntando lo que decíamos en una pizarra de pared cuadrada y de aquello hicieron una representación, un cuento. Yo, sin embargo, no logré entender nada de lo que entrañaba esa pequeña historia por sentirme nervioso, tal vez incluso angustiado.

Cuando salí del baño, me lo encontré justo allí. Me preguntó qué habíamos hecho, pero yo no quise contestar, sino correr hacia el patio. No quería verlo. Ya no. No deseaba ver la idea, yo ya tenía muchas y, aunque no fueran valoradas, yo jugaría con ellas, pues, al fin y al cabo, eran mías.

La cena resultó ser decepcionante; esperaba con ansias arroz con tomate, croquetas o incluso pizza, pero al ver delante de mis ojos un plato de garbanzos me desmoralice. Resultó que a Carlota no le importaba, rasgaba feliz los garbanzos con el tenedor y luego los chafaba hasta que todo el plato parecía un puré marrón demasiado espeso. La recordé en el autocar, con la boca entreabierta y la cabeza balanceándose adelante y atrás, bailando al son de las curvas, y sentí un atisbo de alivio; ella también vivió la aventura.

No me gustó el juego de noche y debo confesar que descubrí tener un temor muy profundo a las luciérnagas. Tampoco iba con mi amigo en el grupo; nos dijeron que usaríamos esos mismos grupos para todas las actividades de las colonias, que habría ciertos momentos concretos en que las haríamos todo el grupo junto, pero que esos serían nuestros compañeros y compañeras definitivos. Ese «definitivos» me resonó durante horas y pronto empecé a sentir un sabor amargo que llenaba mi estómago, un nudo atado en la garganta y una necesidad implacable de ver a mi amigo de nuevo, de disfrutar cada instante que nos había sido arrebatado con la aleatoria elección de separarnos, en la que ni siquiera habíamos participado. Así que, cuando se apagaron las luces y las maestras por fin dejaron de vigilarnos, entre ronquidos y suspiros de mis compañeros de cuarto, subí a la litera de arriba con mi linterna junto a mi buen amigo. Esta vez seríamos investigadores de dinosaurios, creadores de estrellas, viajeros de la galaxia y del sistema solar.

Aquella noche era demasiado arriesgado, pues era aún la primera y, dadas las circunstancias, no habíamos podido explorar todo el terreno, pero en la siguiente iniciaríamos un nuevo rito en el juego, un hito en nuestra historia. Esta vez convertiríamos en vivencial nuestra idea, nuestros deseos, nuestra imaginación, esta vez mezclaríamos realidad y ficción. Debíamos recargar nuestras linternas —moviéndolas arriba y abajo— durante todo el día siguiente para evitar quedarnos sin luz, pero al mismo tiempo debíamos disimular, aparentar normalidad, pasar desapercibidos para no levantar sospechas y así no tener los ojos encima en el momento del arranque.

Cuando a la mañana siguiente nos dividieron de nuevo en grupos, tuve un momento de flaqueo, dudé, desconfié y mi desconfianza fue notable, casi descubierta, por esa monitora que estaba muy pendiente de mí; todo el rato me intentaba sonsacar información con preguntas disimuladas muy bien camufladas. Llegué a pensar que nos había descubierto, aunque me hablaba en singular, así que acabé por descartar esa opción.

«Así que, ¿sigues jugando a ese juego de los personajes?» o «¿Esta mañana en el patio jugabas a eso?» o incluso «¿Me avisarás cuando juegues otra vez para verte?».

El día se me hizo muy largo y pasé muchos nervios junto a esa cotilla. No entendía por qué preguntaba tanto y llegué a pensar que quería entrometerse y jugar también a nuestro juego. Tampoco entendí por qué se atrevió a llamarlo «ese juego de los personajes». Además, quería que la avisara la próxima vez que jugásemos, así que era probable que supiera de algún modo lo de aquella noche, pero supe cómo pararla: «Al acabar el juego de noche, los monitores ya no estáis aquí, ¿no?, quiero decir, que no dormís aquí, ¿verdad?». Ella me miró de un modo extraño y me confesó: «Depende del día». Entonces me recordó que debía estar atento a la actividad, que estaba hablando el otro monitor.

El tiempo libre fue, sin duda, la parte más divertida del día, descubrimos todos los sitios escondidos que nos ofrecía la casa de colonias y decidimos cuál sería nuestra ruta para aquella noche. Iríamos desde la puerta del comedor hacia el jardín de la casa, saldríamos de la valla e iríamos donde se hacían los juegos de noche: una explanada llena de árboles que podrían ser, por ejemplo, plantas carnívoras gigantes —aunque eso no era decisión mía—. Posteriormente, nos moveríamos hacia el río y terminaríamos nuestra misión, volviendo a la hora exacta para que nadie nos descubriera.

La tarde transcurrió lentamente y, estuviéramos en tiempo libre o haciendo actividades en grupo, la monitora no paraba de mirarme o incluso de incordiarme con preguntas sobre mi amigo y nuestro juego. Incluso creo que la vi hablar de mí a alguna profesora, pese a haberme prometido que no le contaría a nadie nuestro secreto. Estaba enfadado con ella, así que, durante los juegos de noche, decidí no dirigirle la palabra. Me sentía traicionado y nervioso por si había descubierto nuestras intenciones nocturnas, pero confiaba en mi capacidad de discreción y, sobre todo, en el afán e ingenio de mi amigo.

Empecé a sentir náuseas al pensar en el momento de la batida, en cómo debíamos escapar del cuarto para no ser vistos, en si las puertas estarían abiertas, en cómo haríamos para volver a entrar, aunque todas esas dudas desaparecían en cuanto pensaba en lo increíble que sería.

Después de los juegos de noche, subimos a la habitación y ahí estaban nuestras linternas cargadas, nuestras chaquetas preparadas y nuestros zapatos con los calcetines guardados dentro para encontrarlos en la oscuridad.

Las luces se apagaron rápidamente, tanto que, al estar comprobando tener todo en orden, no tuve tiempo de lavarme los dientes y cuando iba a hacerlo, una de las maestras me cogió de la mano y me arrastró hasta el saco. Mis nervios crecían desde la barriga hasta la boca y las puntas de mis dedos. Mis ojos estaban abiertos como naranjas y me daba miedo que mis pensamientos pudieran oírse en voz alta. Dejé pasar lo que me pareció un tiempo prudencial y acudí a la búsqueda de mi amigo, que resultó estar prácticamente dormido. Le sacudí con sigilo simulando el «tsss» que dos días antes me había chistado en el autocar y se despertó automáticamente, jurando estar tan metido en la historia que íbamos a vivir que se había ido a otra galaxia mental. Nos pusimos los zapatos con la mayor suavidad que conocíamos y mi amigo empezó a narrar nuestra discreta huida.

Éramos superhéroes en un mundo de hojas y debíamos esquivar las palabras y las flechas de órdenes, pues se encontraba en nuestras manos la salvación de la humanidad. Debíamos acudir lo más rápido posible al lugar de origen, al principio, oculto tras una neblina espesa; solo así podríamos recobrar nuestra autonomía, poderes y escudos y destruirla.

Encontrándonos en el punto clave, decidimos que volvernos gigantes era la forma más rápida de llegar a la niebla de origen para poder controlar lo que pasaba en el suelo, arrancando y haciendo saltar las hojas durante el camino y, para que nadie sospechara, usamos también nuestro poder de invisibilidad. Debíamos llegar al río de tinta negra oculto tras la niebla, el punto de control donde se encontraba establecida la tirana Teclea, que trataba de recolectar identidades para encerrarlas en otros mundos y que fueran esclavas de sus historias. Pero nunca llegamos.

Oímos unos gritos desesperados y amenazantes y vimos una avalancha de tres maestras corriendo hacia nosotros, mi amigo decidió esconderse. Me cogieron del brazo y me llevaron arrastrado a la casa de colonias sin parar de hablarme y gritarme, aunque yo solo quería un pequeño espacio para explicarles donde se había escondido mi amigo. No me escuchaban. Y cuando por fin logré decir la frase entera, dos de las maestras salieron corriendo a contar los niños de las habitaciones. Dijeron que no faltaba nadie.

Salí por la puerta y ahí estaba ella. Después de picar tres veces con intensidad y sin un breve espacio de cortesía, me miraba —por fin— intimidante. Me quedé enmudecido y ella tomó aire antes de hablar.

Cerré la puerta de un sobresalto y fui corriendo a esconderme en el sofá. Las mantas estaban aún a medio plegar, pero servían para afrontar el cambio de rasante entre yo y el ambiente exterior, entre yo y aquella realidad devastadora.

Después de haber estado encerrado durante días que se habían hecho años y años que se habían hecho días, sabía que hoy ya no podía ser de ninguna otra forma, que quizás esta vez no entraba dentro de mi elección.

Aquel sofá de flores no resolvería mis dudas, ni mi asombro, ni siquiera podía servirme de consuelo, pero no decía nada; él nunca me juzgaría. Sabía que, al hacer mi primer movimiento, aquella lluvia de gritos y discordia inundaría mis oídos, agarraría mi pecho con fuerza e inmovilizaría mis pies. Y no tardó en sonar el teléfono. Ignoré con vehemencia la llamada, incluso traté de incorporarla en mis pensamientos, como si de sueños se tratara. Y logré hacerlo, una, dos, puede que cuatro o cinco veces. Hasta que aquel sonido detrás de la puerta que momentos atrás me había turbado volvió a sonar.

—Señor Fausto —gritó tímidamente aquella mujer a la que minutos atrás había mirado con temor.

De pronto noté que, en cierta forma, el sofá me acogía ahora.

—Señor Fausto, tómese su tiempo, pero sepa que estoy aquí.

Y de nuevo el teléfono volvió a sonar.

Era demasiado. Era tan demasiado que no pude sostenerlo y huir por la ventana me pareció el mejor de los escenarios posibles, aunque era demasiado tarde y, pese a que no lo fuera, sentí dudas de ser capaz de hacerlo, al fin y al cabo, no dejaba de ser un cuarto piso. Así que decidí hacer aquello que ya estaba acostumbrado a poner en práctica: descolgué el teléfono, bajé los plomos de la parte norte del piso, me tumbé en la cama, me encendí un cigarrillo y comencé a leer.

En los libros todo resultaba distinto, todo ocurría —para mí— en un ambiente enturbiado. Los personajes realizaban hazañas y no actos, incluso el mero hecho de sorber el café era toda una historia en sí sola, e ir a comprar el pan no era sino el comienzo de una fantástica aventura o la calma antes de una furiosa tormenta romántica. Siempre me identifiqué con ellos, cuando era pequeño, solía jugar a ello con Tomás, mi buen amigo Tomás Fuentes. Él era el narrador y yo debía hacer aquello que dictaban sus palabras: cada milímetro de mi cuerpo estaba sujeto a descripción, cada movimiento era el resultado de su oratoria y mis actos, pensamientos y sentimientos dependían de aquellas nobles palabras pronunciadas libremente. Tomás era y siempre fue el escritor, el narrador y director de aquella teatralización de sus pensamientos, de aquella puesta en escena de su imaginación. Lo cierto es que, aunque ciertas veces lo pensara, aunque tuviera un resquicio de anhelo por intercambiar nuestros papeles —solo de vez en cuando y esporádicamente—, nunca se lo pedí. Y así pasábamos las horas.

Me gustaba dormitar y pensar en esas cosas, evadir mi mente y llevarla a un estado superior, sin definición de objetos, sin tiempo ni espacio, solo dejando abierto el cajón de los recuerdos.

Desperté con algunas páginas del libro dobladas en mi pecho y la cabeza pesándome mucho. Fui a la nevera y saqué la leche. Nada como un buen trago de leche nada más levantarse. Cogí la cafetera, pero no quedaba ni una gota de café del día anterior, así que, con cierta pereza, preparé más. Cuando oí el café hirviendo y el olor inundaba ya la cocina, saqué la pastilla del blíster y la deseché en la caja con las demás. No fue hasta que me senté delante del ordenador que recordé lo que había pasado el día anterior y que pronto tendría que volver a enfrentarme a ello. Ya conocía el procedimiento: esa trabajadora vendría a «acompañarme» algunas mañanas, siempre que yo accediera y abriera mis puertas a ello. Pero la distancia con la manija se me hacía mayor entonces, rellenándose de impedimentos. Entonces venía lo peor: el tsunami, la avalancha de críticas, gritos y broncas. Volvía en cierta forma a los tiempos con Tomás Fuentes, cuando cualquier experimento que realizábamos acarreaba una bronca y un sermón por no pensar que aquello que hicimos acarrearía una bronca. Pero Tomás y yo no nos regíamos por normas, solo aquellas que realmente generaban la magia y difusión de la realidad en la que vivíamos.

Era consciente de que aquella calma se debía a la aún intensa oscuridad que cubría el cielo, ya que, cuando esta se viera iluminada, cuando empezara la mañana, entonces llovería sobre mí.

Me encendí un cigarrillo y, de pronto, al alzar la vista, pude ver aquel dibujo infantil que surcaba el cielo, aquella combinación de colores que solo un infante podría haber creado: lila, azul, amarillo, naranja y rosa. Casualmente, el color favorito de Tomás era el naranja, aunque siempre decía que adoraba los colores que formaban el cielo. Siempre tratábamos de llegar a él, a través de brazos que se transformaban en alas, de ojos que, al fijar la vista, te llevaban allí donde habías apuntado. Tomás era y es, para mí, el maestro de la imaginación, una puerta hacia mi voluntad, y yo, su discípulo, su pupilo, su anexo. Es la puerta que nunca me atreví a cruzar, me acompañaba todos los días y, aun así, no me atreví a aceptarlo, ni a convertirme en su dueño. Siempre estaba presente, en segundo plano e incluso invadiendo todo el espacio. Era duro como el acero e imposible de dar forma, aquel fantasma sin color, sin intención, sin presencia, que era capaz de eliminar todo anhelo de mejora, todo anhelo de plenitud. Porque, cuando estaba presente, yo huía de mí.

Abrí otra cerveza cuando el día ya clareaba.

Decidí que había llegado el momento de afrontar la realidad, tal y como la describen. Subí los plomos y conecté el teléfono.

No tardó más de diez minutos en empezar a sonar. El abismo que sentí se expandió, la bruma se apoderó del habitáculo y, con los gritos de voz metálica como banda sonora, no pude más que colgar el teléfono, quedando de pronto en un estado nauseabundo, como en trance.

Corría, con el corazón sobresaliendo por mis axilas e inundando mi boca, gritando con los ojos y las manos, pues mi pecho estaba en tal estado de asfixia que había perdido la voz. Miré detrás de las plantas, de los árboles, corrí de un lado a otro del prado, subí encima de las piedras y salté para ver más alto, corrí por la arboleda lo más rápido que supe y, de pronto, mi boca besaba el suelo. Mis tobillos estaban en manos de una maestra. Y solo entonces oí los gritos de Tomás.

Noté un sudor que se filtraba no solo por mi pecho, sino por mis huesos, descolgué de nuevo el teléfono y bajé los plomos. Nadie debía saberlo, «no todavía» —me repetí—. Y usando la memoria muscular, miré de un lado al otro, cerré la ventana, abierta para ventilar el humo, y pasé la cortina. Dejé unos instantes de silencio y saqué, de un cajón con llave, el archivador de pruebas.

Era siempre estremecedor ver los dibujos —recuperados años después de entre los pupitres— pertenecientes a Tomás, almacenados junto a aquel pequeño dibujo que realicé para él, donde yo narraba e ilustraba nuestra historia y que nunca me atreví a darle. Era abrir el archivador y sentir escalofríos, repasando los planes de «fuga» trazados milimétricamente entre hilos, imperdibles y chinchetas sobre el mapa, era entender qué estuvo obligado Tomás a recorrer, por dónde lo ocultaron y lo hicieron desaparecer.

El llanto me desolaba cada vez que recordaba la voz de la maestra anunciando que no faltaba nadie, al recordar ese extraño brillo en sus ojos y en su voz, donde ardía el fuego de la maldad. Cuando pensaba en los años siguientes, en la avalancha de personajes de bata blanca, las capsulitas de desayuno, en el «tómatelas con los cereales, cielo», se me estremecía el alma. Viví cegado durante los próximos años, sin buscarlo, sin investigar, sin encontrar pruebas que les incriminaran y poder defender su justicia y su memoria. Aunque fuera ya demasiado tarde, debía honrarle ahora, debía luchar por la historia de su vida.

Y, de pronto, lo comprendí: Él tenía en sus manos la pieza, el lenguaje, la voz; el código para descifrar la historia. Yo tenía el cuerpo, el instrumento, la representación. Solo tenía que escucharlo.

El archivador parecía cobrar vida, las líneas tensadas entre hilos y chinchetas eran ahora la cuerda floja por la que transitaba entre porqués, los dibujos se convertían en declaraciones que, gracias a él, puede que supiera interpretar.

Pensé de pronto en el testimonio valiosísimo de Carlota, esa niña que recuerdo todavía hoy sorbiendo los garbanzos con entusiasmo y comandando las comunicaciones de LOS

IMBATIBLES. Decidí escribirle, pues, años después del accidente ocurrido, busqué, encontré y salvaguardé los correos de todas las personas que pudieran conocer más detalles.

«Hola, Carlota.

Soy Fausto, fuimos juntos al colegio; yo era un niño tímido e imaginativo que iba siempre de la mano con Tomás Fuentes, aquel niño tan divertido de nuestra clase. Es por eso que justamente te escribo: desconozco si has investigado acerca de lo que pasó con Tomás, si el miedo te lo impide o si has deseado borrar aquella historia de tu memoria. Pero el caso es que, si tuvieras alguna información, me sería de ayuda. He decidido finalmente investigar, con todo lo que pueda conllevar esa decisión, pues su supuesta «desaparición» no puede quedar en el olvido.

Muchas gracias, Carlota, deseo que sigas disfrutando tanto los garbanzos.

Fausto».

Carlota tardó en contestarme unos días, los cuales aproveché para continuar con mi investigación. Pensé en el porqué: es cierto que Tomás tenía una mente prodigiosa, así que era posible que le hubieran secuestrado y llevado a un centro de inteligencia superior, o que lo diesen a los extraterrestres para explicar el progreso de la humanidad. Pensé también en el cómo, en el cuándo y en cuánto tiempo llevaban planeándolo, en si fue premeditado o improvisado. De pronto, pensando en todas las teorías, sentí mi voz, noté un escalofrío en los labios y la acallé, pues yo no podía ser su dueño.

«Hola, Fausto.

Deseo que todo te vaya muy bien.

Siento no poder serte de ayuda, pero no recuerdo a ningún Tomás Fuentes, ni su supuesta desaparición. He estado repasando los anuarios y no aparece tampoco su nombre en otros cursos. No sé si es algún tipo de broma, pero tampoco acabo de entenderla. Agradecería que no me mandaras más correos en cadena, si es de lo que se trata esto.

Cuídate,

Carlota».

Aquel correo solo me trajo dudas: ¿habían borrado a Tomás del anuario, de las fotografías en grupo, hasta de las fotografías de las colonias? Solo pude repasar hallando ese sí destructor a la respuesta de mis preguntas. No había rastro de mi amigo. Como si nunca hubiera existido.

Y cómo explicaros que todo aquello lo había vivido gracias a mi amigo Tomás Fuentes, cómo explicaros que él era el narrador, la mente creadora, el inventor, era la voz. Cómo explicaros que **él era dueño de mi imaginación.** Que nunca me atreví a aceptarlo ni a convertirme en su dueño, que *yo era su cuerpo*, su instrumento, el protagonista de sus hazañas, *la representación de su interior.*

Y de pronto comprendí más allá: yo debía hacer aquello que dictaban sus palabras, cada milímetro de mi cuerpo estaba sujeto a descripción, cada movimiento era el resultado de sus deseos y mis actos, pensamientos y sentimientos dependían de aquellas palabras redactadas libremente. Nunca logré ser el dueño de mi imaginación —ni siquiera a través de Tomás—; no lo lograron mis esfuerzos, ni las capsulitas de desayuno, no logramos derribarla con Tomás en el río, ni lo logré yo cuando esa tirana me arrebató a mi amigo, pues aún soy, atrapado en estas palabras, el protagonista de sus hazañas, la representación de su interior.

Este libro se terminó de editar en Granada
en abril de 2026 por

Aliarediciones

www.aliarediciones.es

info@aliarediciones.es